普里莫·莱维

（1981 年摄于都灵）

形式缺陷

VIZIO DI FORMA

PRIMO LEVI

[意大利]普里莫·莱维 著

温爽 译

译林出版社

他们是一百个武装的人
当旭日升起
所有人都向前迈了一步
时间流逝，无声
他们瞪着双眼
当钟声敲响
所有人向前迈了一步
于是，昼夜更替
但当天空第一颗星闪烁
所有人一起，向前迈了一步
“退后，走开，你们这些肮脏鬼魂
滚回你们的旧夜。”
无人搭言，然而
所有人围成圈，向前迈了一步①

① 普里莫·莱维于1959年3月1日创作了此诗。

目　录

来自1987年的信

亲爱的编辑：

时隔十五年，你提议再版《形式缺陷》让我喜忧兼集。两种矛盾的心情何以共存？我在此聊作说明，向你，也向我自己。

忧的是，这本集子收录的作品写于对我个人、意大利，乃至全世界而言最颓靡的时期，和末日、遁世、怀疑论联系密切。罗伯特·瓦卡[①]写那本《新中世纪将近》便是基于这种情绪。

现在，“新中世纪”并没有到来，世界没有崩塌，相反，还有些微迹象表明，一个有序世界正在建立，即便该秩序并非源自相互尊重，而是出于彼此间的忌惮。尽管休眠状态的军火库依然令人胆战，但人们对“人类的消散”（圭多·莫塞

① 罗伯特·瓦卡（1927—　），意大利工程师、数学家和小说家。他因使用数学模型进行预测而闻名。莱维在此提及他于1971年出版的小说，该书讲述了现代文明的崩溃，被认为是末世文学的经典。

利[1]）的恐惧，无论是对是错，从主观上已经得到了缓解。然而真实情况究竟如何，没人知道。

喜的是，我最被忽视的一本书——唯一没有被翻译成外语，没有获得过奖项，被批评家们蹙着眉指责不够有“灾难性”的书——得以重生。如今重读此书，虽然不乏一些天真的臆想和前瞻性错误，但也有一些可圈可点之处。“合成婴儿”已经成为事实，虽然他们都有肚脐眼。我们的确登上了月球，而且，从月球上看到的地球景象和我所描述的并无二致；很遗憾月球人并不存在，也从未存在过。对第三世界实施援助的结局和《雷昆科》上下篇里描写的亦十分雷同。随着第三产业的蓬勃发展，《红色指示灯》与日俱增，相关报道甚至还上了报纸，1981 年的一则新闻就报道了我描述的同款传感器。虽然我们离《出于善意》所描述的情节尚远，但是（“报应的法则就这样在我身上实现[2]”），电信公司在经过一番迟疑之后，给我第二处住所配置的电话号码恰好是我都灵家里电话号码数字的易位组合。

至于《至美是水》，此文刊出后不久，便有《科学美国人》期刊援引苏联相关消息，报道了一种黏稠有毒的聚合水，好多方面和我文中所预言的水有相似之处。好在相关实

① 圭多·莫塞利（1912—1973），意大利小说家和散文家。他的作品《人类的消散》是一部超现实主义小说，故事发生在整个人类被消灭之后，由唯一的幸存者叙述。

② 出自但丁《神曲·地狱篇》第二十八章。

验结果无法复现，最终此事不了了之。我的臆想竟然产生了追溯和驱邪的功效，这想法让我窃喜。因此，读者们可以放心：水，即便受到污染，也绝不会变得黏稠，海洋仍将波涛汹涌。

普里莫·莱维

1987 年 1 月于都灵

防　护

收拾完厨房，启动洗衣机，玛尔达点了根烟，瘫在沙发上，透过面罩的缝隙，时不时瞥几眼电视。朱利奥在旁边房间里没什么动静，不是在读书就是在做学校的功课。从走廊那头不时传来卢奇亚诺和小伙伴玩耍的嬉闹声。

电视是广告时段，屏幕上不厌其烦地播放着各种蛊惑、建议、谄媚的说辞：请购买 A 牌开胃酒，B 牌冰激凌，C 公司生产的适用于各类金属的光亮剂，D 牌头盔，E 牌牙膏，F 厂生产的服装，还有 G 家出品的无气味关节润滑油以及 H 牌葡萄酒……尽管姿势极不舒服，而且胯骨被身上的盔甲硌得难受，玛尔达还是睡着了，睡梦中，她觉得自己躺在公寓的楼梯上，人们从她身旁上上下下，却完全无视她的存在。楼梯口传来的恩里克走路发出的哐啷声让她醒了过来，绝对没错，她有本事从这栋楼所有住户的步履声中分辨出他的。恩里克一进家门，玛尔达便把卢奇亚诺的玩伴遣回了家，接着摆放碗碟准备晚餐。天很热，加上新闻里说最近陨石微粒雨不是很活跃，恩里克便掀起了面罩，全家人也都照做，这样吃起饭来要方便很多，用星型阀吃饭总是搞得一团糟，而且气味难闻。恩里克放下读了一半的报纸说："我在地铁上碰见罗伯特了，咱们几个有一阵子没聚了，今晚他和埃莱娜要来看咱们。"

快十点时，两人到访，孩子们都已经睡了。埃莱娜穿着一套美标304不锈钢制的华丽套装，几乎看不出来氩弧焊的接缝，铆工精细，铆钉头都铣磨过。罗伯特则穿了一身款式新潮的轻铠甲，侧腰处用法兰连接，出众之处是噪声极小。

"这是我三月份在英国买的，是的，是不锈钢的，所有密封都采用氯丁橡胶材质，绝对防水，而且穿脱方便，用不了一刻钟。"

"有多重？"恩里克顺嘴问道。

罗伯特笑了笑，没有半点儿尴尬。"瞧，这就是它的缺点。你们也知道，现在都在搞统一化，咱们这儿的共同市场已经开始了，但那边，在重量和尺码方面就有些滞后。我这身铠甲有六点八公斤，和标准差了两百克，但没人会发现的。不过，为了符合法规，我打算在脖领后面装上一个小铅块，反正也不影响外观。除了重量，所有厚度指标都是合格的。总之，我一直随身携带原产地证明和设计图，就放在标牌旁边的这个小开口里，看见了没？这是专门设计的。这些小点子能让生活变得简单一点儿，英国人还真是务实。"

玛尔达不自觉地瞧了一眼恩里克的铠甲：可怜虫，他绝不可能跑去伦敦买东西，他现在身上穿的还是多年前两人相识时的那套铁皮镀锌旧铠甲，目前还算体面，没有一点锈迹，但做保养可没少费气力！还有润滑，足足有十六个油脂润滑器，其中四个位置还特别隐蔽，保养时要是漏掉哪个或者某个礼拜天忘记上油，铠甲就会像苏格兰幽灵骑士一样吱嘎作响；油上太多也不行，会整得沙发和座椅到处都黏黏糊糊，像蜗牛爬过留下的黏液。恩里克似乎对此毫不在意，总是说他对这套盔甲有感情，想说服他换一套完全是白费唇舌，虽然玛尔达认为现在有不少既合规又实用，款式也大方的盔甲，分期付款的话并没什么负担。

玛尔达斜睨了一眼自己镜中的侧影。她并不是一个喜欢在美容院和发廊流连的女人，但如果能给衣橱里添置些新款服装也是挺不错的。毫无疑问，在内心深处她觉得自己还不老，尽管朱利奥已经十六岁了。玛尔达漫不经心地和其他人聊着。罗伯特一直是四人当中最出众的那个，见多识广，总有讲不完的新鲜事。他一直在试图捕捉她的目光，这让玛尔达心生涟漪，但只是单纯地追忆一下过往，他俩之间已经是十年前的旧事了，她心里很清楚，自己绝不会再与他或其他任何人发生纠葛了。事情已经翻篇，即便没有其他理由，这倒霉的强制防护规定还是让人不知道自己面对的人是老是少，是美是丑。人们的相互了解只限于声音和面罩深处投出的那道目光。她始终无法理解，人们为何会投票通过如此荒谬的法案，尽管恩里克给她解释过多次，微粒陨石是客观存在的危险，近二十年来，地球一直在穿越一个微粒陨石群，只消一颗不知从哪儿袭来的微粒就足以瞬间击穿人体，从而要了一个人的命。她从自己的思绪中回过神来，发现罗伯特正在谈论这个话题。

“你们也相信这个？嗯，如果你们只看《先驱报》的话那就不奇怪了，但你们要是仔细想想就会发现这一切都是胡扯。那些所谓‘天降横祸’的案例实在太少了，真正确认的不足二十个。其他全是脑溢血、心脏病或者一些意外事件。”

“怎么可能！”恩里克说，“上周报纸上还说那个法国部长没穿防护盔甲，到阳台待了一下就……”

“我给你们讲，这都是噱头，心肌梗死越来越常见，但这种结论对谁都没什么用处，在这个死人也得‘人尽其才’的世界，他们就是想利用一下这个事，就是这样。如果一个人因为犯了心脏病死掉，但没穿盔甲，那死因一定是微粒陨石，反正总有爱逢迎的法医。但如果这人穿着盔甲死掉，那就还是心脏病，也没人会关注到。”

“难道所有的报纸都同流合污？”

“那倒不至于，可你们知道这是怎么回事，汽车市场已经饱和，但装配生产线绝对不能停产。于是就想办法让人们穿防护盔甲，那些不听话的则关进牢里。”

这不是什么新闻，玛尔达以前就听过这个说法，还不止一次，看来，像罗伯特这样的聪明人也有谈资匮乏的时候，此外，聊些大家都知道的也比较安全，还可以避免令人尴尬的冷场。

埃莱娜说：“不过，我必须承认，我是很愿意穿盔甲的。

并不是因为我读了什么女性杂志，我真的喜欢穿，待在盔甲里就像待在自己家里。”

“你喜欢穿是因为你的盔甲非常漂亮，对不起我刚才都没说，真的漂亮极了，”玛尔达真诚地夸赞道，“我从没见过设计如此精美的铠甲，跟量身定做的一样。”

罗伯特清了清嗓子，玛尔达意识到自己说了句傻话，虽然不算严重。埃莱娜笑了笑，并没介意。“的确是定做的！”她赞许地看了罗伯特一眼，补充道，“你知道的，他在都灵的造车厂有一些熟人……不过我不是因为这个才喜欢穿盔甲，任何盔甲我都喜欢。微粒陨石那套说辞我不怎么相信，其实压根就不信，为了让通用汽车发点财而编出这些故事更让人气愤，但……但我确实穿上就舒服，脱下就难受，有好多人和我一样，我向你们保证。”

“这说明不了什么，”玛尔达说，“他们也不是第一回生造出这种需求了，他们很擅长这个。”

“我不觉得我的需求是人为创造的；果真如此的话，谁知道会有多少人拒绝穿防护盔甲，或者穿不合规格的盔甲，人们根本就不会投票通过这个法令，甚至会发动一场革命。然而我……事实上，我感觉很……该怎么说？”

“很‘安逸’①。”罗伯特插嘴道，语气带点调侃，很显然，他已经不是第一次讨论这个话题了。

---

① 原文为英文。后文中的“虫子”和“地毯”原文亦为英文。

“什么?”恩里克问。

“像寄居在地毯里的虫子一样‘安逸’。挺难解释，而且有点像骂人，不过不是所有的虫子都像蟑螂一样让人讨厌。”

“总之，”埃莱娜继续说，“对我而言就是这样，我在盔甲里就像蟑螂躲在地毯里一样‘安逸’。感觉像在堡垒里做好了防御，晚上睡觉时我甚至都不愿意脱掉它。”

“可是要防御什么呢?”

“我也不知道，防御一切吧。防御男人、风吹、日晒、雨淋。防御雾霾、污浊之气和辐射废料。防御命运以及一切看不见也无法预见的东西。防御脑子里的坏念头，防御疾病，防御未来，防御自己。即便没有那条法令，我想我也还是会买一套盔甲的。”

玛尔达察觉到谈话开始走向偏激，为了把话题引回到安全区域，她讲了朱利奥学校一位老师的事，这个小气鬼舍不得扔掉他已经生锈的盔甲，就用防锈漆把盔甲里里外外地刷了一遍，最后搞得自己铅中毒。恩里克则讲了洛迪省那个木匠的事，他因为经常淋雨，铠甲上的螺钉锈死了，正赶上他有个浪漫之约，结果那姑娘企图用氧气切割机直接切开他身上的盔甲，导致这人进了医院。

道别时，罗伯特摘下手套握住玛尔达赤裸的手，这让玛尔达感受到短促而强烈的愉悦，她心底泛起一阵黯然又明亮的忧伤，却不痛苦。这缕忧伤后来在她的盔甲里回荡了许久，伴她左右，让她好些天都沉浸其中。

一路向西

“先别拍了，快看，用眼睛看，试着估算下数目！”

安娜放下摄影机，目光投向下面的山谷：这是一条山石嶙峋的狭窄山谷，与内陆相连处是一个方正的垭口，近海处则是一片开阔的滩涂。几个星期的蹲守和追踪没有白费，他们终于成功了。一浪一浪的旅鼠大军攀爬至山巅然后顺着山坡倾泻而下，身后扬起的尘土仿佛一团褐色的云。在谷底坡势渐缓处，灰蓝色的浪潮汇聚成一条稠密的洪流，有序地向大海涌去。

没用几分钟，旅鼠大军便攻陷了海滩，迎着暖橘色的暮光，这些啮齿动物在泥沙中挺进，身影清晰可见，它们四肢陷入泥沼，步履艰难，但没有丝毫迟疑，投入大海后便奋力向深处游去。潮痕一百米开外，漂浮在水面上的旅鼠影影绰绰，及至两百米，峡湾潮涌卷起浪花之处，所能看到的脑袋仅剩下零星几个，更远处便是一片寂静。空中，另一支军团惶然掠过，这是一支猛禽编队，大多为鹰，其中夹杂着几只鵟、雀鹰、鸢，还有几只连两位自然科学家都叫不上名字的飞禽。它们盘旋着，发出一声声长唳，彼此较量着。不时会有飞鸟像石块坠落般径直俯冲下去，随后挥振羽翼急停，锚定目标着陆，旅鼠洪流则像河水遭遇一座小岛一样从其左右绕行。

“好了，”沃尔特说，“终于眼见为实了。现在不一样了，我们没借口了。这是真实存在的，大自然中一直存在的，它们这样做一定有什么原因，而我们必须找到这个原因。”

“很有挑战性，对吧？”安娜用近乎母性的口吻说，但沃尔特显然已经进入战斗状态，没有回应她。“走！”说罢，他拿起一个网袋奔下山坡，那些最急切的旅鼠们从他两腿间穿过，毫无惧色。他抓起四只，但斟酌后觉得半山腰这些领头的旅鼠恐怕并不代表样本均值，它们可能是最强壮、最年轻、最坚定的一群。于是他放掉三只，在灰色的鼠群中前行，然后在峡谷不同的地点捕获了五只旅鼠。他带着六只猎物回到帐篷，旅鼠发出微弱的吱吱声，但没有相互撕咬。

“可怜的小家伙们！”安娜说，“不过它们本来也难逃一死。”沃尔特用无线电呼叫了森林护卫队的直升机。“他们明早过来，现在我们吃晚饭吧。”安娜诧异地看了他一眼。沃尔特说：“不，我的天，现在还不行。倒是可以给它们喂点儿吃的，但不要太多，别改变它们的状态。”

三天后，他们和奥夏松教授讨论了很久，但没得出什么结论。他们回到了旅馆。

“你指望他说什么？推翻他自己创立的理论吗？”

“不，”沃尔特说，“但至少考虑一下我的不同意见。心安理得地在职业生涯中重复一套说辞是很容易的事，只要不承认新事物就好。”

“对新事物你就那么确定吗？”

“不仅现在确定，未来还会更确定。你自己也看到了，我们逮住的六只，即便到了迁徙的最后阶段仍然营养充足，体脂率达到二十八，比高原上抓到的旅鼠平均值还要高。如果样本量不够，我再回去……”

“我们再回去。”

“我们再回去抓个六十只，六百只，那时我倒要看看奥夏松是否还坚称是饥饿导致它们迁徙。”

“或者是数量过剩……”

“一派胡言。没有一种动物会用聚集去解决数量过剩的问题。我们所看到的那些旅鼠来自高原上的各个丘壑，它们不仅没有四下逃窜，反而扎堆汇聚，单只变小群，小群变大群。它们迁徙了足足两个月，一路向西，队伍一天比一天密集。”

“所以呢？”

“所以……我现在还不知道，我还没法准确地表达我的观点，但是，我……我认为它们就是要寻死。”

“它们为什么要寻死呢？”

“它们为什么必须活着？为什么必须一直活着？”

“因为……嗯，我不知道，但所有人都想活着。我们之所以活着是因为我们想活着。这是生命的基本属性。我想活着，对此我毫无疑问。死不如生：在我看来这是一条公理。”

“你从未怀疑过吗？请诚实一点！”

“从未。”安娜思忖片刻，又补充说，“几乎从未。”

“你用了‘几乎’这个字眼。”

“是的，你知道的。玛丽出生后，有几个月确实很糟糕，虽然时间不长。那时我认为自己永远无法走出来，觉得余生都会困在其中。”

“那几个月你在想什么？你怎么看待这个世界？”

“我不记得了。我一直想忘掉那段日子。”

“忘掉什么？”

“失落、虚无，觉得自己毫无价值，周围的一切毫无意义，无助感吞噬了我。即便在人群中也倍感孤独，像一个活死人堆中的活死人。够了，拜托，不要再追问了。还是想想那些普遍性的问题吧。”

“你瞧，我们试着这样想。按照规则，人类，动物，包括植物，一切有生命的事物，都在努力地活着，尽管不知道为什么。原因其实写在每一个细胞里，用一种大脑无法解读的语言写成。我们自身的存在能够感知它，我们的行为受其支配。这种指令或强或弱，指令深刻且清晰的物种得以延绵，其余的则趋于灭绝，或已经灭绝。但是即便那些指令明确的物种也可能出现某种空白。有些个体天生就缺乏对生命的热爱，还有些个体会丧失对生命的渴求，或短期或长期，甚至会持续至生命终了。我终于快要解释清楚了，一些群体、时代、民族、家族会失去对生的渴求。这的确发生过，人类历史中这样的例子比比皆是。”

“好的，现在听上去是一个自洽的逻辑了，你基本能自圆其说了。但是现在请给我解释一下，或者说请你证明，为什么对生命的热爱会群体式消失？”

“这个我之后会好好想想。我还想说的是，热爱生命之人和了无生趣者之间不存在共通的语言。同样的事物对于二者而言，会以不同方式解读，毫无相通之处。有人收获快乐，有人倍感煎熬，每个人眼里只看到自己愿意看到的世界。”

“不可能两种人都对吧。”

“的确。通常情况下，你知道的，我们需要勇敢地承认别人是对的。”

“你是说旅鼠？”

“也可以这么说，我们姑且称他们为旅鼠。”

“我们呢？”

“我们错了，且心知肚明，但我们更愿意自欺欺人。生命本无目的；苦总是多于乐；所有人都逃脱不了死亡，只是死期没有昭示；我们注定要见证至亲的离世；生活虽有些回馈，但少之又少。这些我们都明白，但有种东西会保护、庇佑我们，使我们避开灾祸。是什么在保护我们呢？或许只是惯性：活着的惯性，与生俱来的惯性。”

“在我看来，每个人的保护体是不同的。有人是宗教信仰，有人是利他精神，有人借助麻木，有人依仗恶习，还有人可以不间断地转移注意力。”

“说得没错，”沃尔特说，“还要补充最为普遍，也最不冠冕堂皇的一种保护体，那就是利用未来的无法预见性。然而，这也是把双刃剑，对旅鼠而言，正是这种无法预见性使生命变得无法承受。对旁人而言，生命意志是某种深刻而混乱的东西，是我们的某种本初，与我们并存，它不同于意识，几乎像一个按照规律默默运转因而被我们忽略的器官。但器官可能生病或萎缩，受伤或切除。人仍会继续活着，但只能低劣地活着，艰辛又痛苦，就像切除了胃或肺的病人。”

“是的，”安娜说，“这是最主要的保护机制，天生的，在我们获得生命时就附赠给我们的，以便我们能承受得住生命。但我相信还有其他形式的保护体，正如我之前提到的那些。”

“对，这些保护体之间必定存在某种相通之处。如果我们能够解答刚才那个悬而未决的问题，就是在群体中到底发生了什么，就能发现不同保护体之间的共通之处了。我们可以提出两个猜想：一是某只‘旅鼠’传染了其他同伴；二是出现了某种中毒症或缺乏症。”

没有什么比猜想更令人振奋的了。林业局的实验室几天内便搭建完工，检测结果很快出来了，但数据没有什么积极意义。迁徙的旅鼠和定居的旅鼠在血样上没有差别，尿液、脂肪量和脂肪分布同样如此，所有指标都相同。沃尔特一门心思扑在上面，张口闭口都是实验。一天晚上他和布鲁诺小酌，面前斟满的酒杯让两人同时产生了一个想法。

“这个是有用的，”布鲁诺说，“古老的经验，共同的经验。”

“这是一种很基础的药物。只不过酒精副作用大，剂量难以把控，而且效力衰减很快。”

“但可以在这个方向上尝试一下。”

次日，他们来到研究所院子里的旅鼠圈。他们加固了围栏朝向大海的那一边，桩基足足深入地下两米，因为一百多只小兽片刻不宁，不分昼夜地向围栏攀爬，互相踩塌，将同伴向后挤，自己则试图翻越围栏。有些旅鼠奋力掘洞却被扎入地下的围网拦住去路，只能嘶叫着退回，接着再次开始挖掘。围栏的其他三边则空空荡荡。

沃尔特进入围栏，抓了四只，在它们的脚上绑了标签，然后用滴管给它们灌了一克酒精。这四只旅鼠被放回围栏，几分钟内，它们毛发蓬起，鼻孔翕张，随后它们脱离族群，在一旁安静地啃起了石楠。一小时后，它们又陆续回到了向西决绝进发的群体中。沃尔特和布鲁诺都认为这虽不具代表性意义，但确是一个迹象。

一个月之后，药物组马力全开。目标简单且狂妄：提取或合成能抑制生命空虚感的激素。安娜很犹豫，也不掩饰自己的踌躇。

“假如真的找到这种物质，我们是在造福还是在作恶？”

“对于个体而言无疑是有益的，但对于整个人类而言则无定论，不仅是针对这个药物，所有药物都面临这样的反思。每一种药物以及每一种治疗，都意在将不适变为适应，难道你要抵制所有的药物和所有的医生吗？人类这个物种几百年来选择了这样的道路，一条执意活下去的道路，而且我不认为这个趋势有弱化的迹象。人类开始与自然抗争，执着于个体生存，延长生命长度，战胜死亡和病痛。”

“但还有其他方式战胜痛苦，这种痛苦；可以通过其他战斗，而且每个人必须靠自己单打独斗，不借助外界力量。赢了战斗就是强者，然后会越来越强，成长，进步。”

“那些输了的人呢？那些骤然崩溃或逐步放弃的人呢？如果走在西行道路上的人就是我们自己呢？你会说什么？我会说什么？对于那些从内心找到逆转命运力量的物种和其他人，我们会为他们感到欢欣吗？”

此后的六个月对安娜和沃尔特而言是一段非常奇特的日子。他们乘轮渡沿亚马孙河逆流而上，又转乘小渡船沿琴托河溯流前行，最后一段无名河流须得乘独木舟才能航行。带路的向导许诺说路程只消四天，但直到第七天他们才终于越过撒卡尤河的湍流，望见了村落。极目远眺，可以看到西班牙风格堡垒那破败的扶壁。然而还有一番景象令两人缄默不语，那对他们不算新奇：一群猛禽在堡垒上空交织盘踞。

在这个阿伦德村居住着阿伦德部落最后的族人。安娜和沃尔特在某人类学期刊的一篇论文中偶然获知他们的存在。

阿伦德人的领地曾经和比利时国土面积相当，后因人口衰减，领地不断缩小。导致这一结果的原因并非疾病或与周边部落的冲突，也不是饥荒，而是奇高的自杀率：这也正是沃尔特决意申请经费开展这次调查的原因。

村落的族长接见了他们，族长只有三十九岁，会说流利的西班牙语。沃尔特向来不喜欢兜圈子，便直奔主题。他本以为对方会因为外乡人近乎无情的好奇而表现出保留、谨慎、疑虑和冷漠的态度，然而眼前这个人开朗、睿智、成熟，仿佛为了这次对话他已准备了多年，或者一生。

族长坦言，与其他邻族不同，阿伦德人一直以来都没有形而上学的信仰，他们没有教堂、神甫、祭司，他们也从不期待来自上天、大地或地府的庇佑，不相信福德报应之说。他们的土地丰饶，有公正的法律、人性的治理，居民从未遭受饥馑或战乱的困扰，拥有丰富且独特的民俗文化，时常聚会宴饮。当沃尔特问及人口持续减少的问题时，族长回答说，阿伦德人和他所知道的其他远近各族，所相信的东西截然不同。

族长说，阿伦德人对于个体生存并不在意，更不会考虑民族延续的含义。他们每个人从小便被灌输一种观点，即单纯从苦与乐的角度去衡量生命价值，当然，也要把个人行为给他人带来的苦与乐算在其中。当一个个体对自我价值的判断长期为负值时，就是说当该公民承受或制造的痛苦多于快乐时，便会受邀在长者委员会进行一次公开讨论，其自我评估一经确认，他的决定将获得鼓励和支持。经过批准，此人会被送往克檀田：克檀是该部族非常普遍的一种谷物，筛过麸皮的谷粒磨成面粉可用来制作烤饼。如果未筛麸皮，谷粒上就会附着少量能侵扰神经系统的毒素，具有致幻和中毒致死的作用。

耕种克檀田的人会接待来客，按照其意愿，给他吃含有一定比例未筛麸皮面粉制成的烤饼，此人便会在几天或几周内进入安乐的昏迷状态，直至最终长眠。少数人会改变想法，他们离开克檀田回到城中，同样会受到热情友好的迎接。也有偷偷将未筛麸皮谷粒走私入城的情况，但数量不至于产生严重后果，因此没人追究。

从阿伦德返回后，安娜和沃尔特发现研究取得了巨大的进展，研究人员找到了“缺乏的成分”，准确地讲，是通过对无数可能作用于神经系统的聚合物进行精细的筛选，从无到有提炼出了这一物质。之后，研究人员在正常人的血清中也分离出了该成分。奇怪的是，当初布鲁诺的直觉正中要害，最具效力的聚合物正是一种结构相当复杂的酒精。只是当时剂量过低，以至于分析师无法从包括人类在内的健康哺乳动物血液中提取出该成分，因此，迁徙旅鼠血液中是否缺乏该成分也就无证可考了。沃尔特迎来了他成名的十五分钟，他所提取的阿伦德人的血样中果然没有一丝该成分的踪影。

他们把这一成分命名为 L 素，很快投入了试生产。药剂可以口服，事实证明，不论是天生缺乏还是因为疾病、不幸或创伤所引发的求生欲丧失，该药剂都可以非常神奇地激活服用者的求生意愿，药剂也没有引起明显的副作用、耐药性或者体内沉积。

验证药效的机会就摆在所有人眼前，准确地说是双重验证，对象是迁徙的旅鼠和阿伦德人。沃尔特给阿伦德人族长寄了一个包裹，里面装了够一百人服用一年的 L 素剂量，他还附上了一封长信，详细说明了药剂的服用方法，还请求族长让前往克檀田的族人也参与实验。没等沃尔特收到回音，森林护卫队就通知他，一批旅鼠正在迅速逼近潘达尔海湾尽头的摩尔德河口。

接下来的任务并不轻松，除了有安娜鼎力相助，沃尔特还召集了四名年轻助手。好在 L 素可溶于水，在这里，水倒是取之不尽。沃尔特建议将溶剂喷洒到山脊那边石楠丰茂之处，旅鼠经过会停留啃食，但这个计划似乎难以操作，要喷洒的区域太广阔了，而旅鼠正在逼近，已经能看到二十公里开外卷起的尘埃旋风。

于是，沃尔特决定在山崖下的隘口直接向旅鼠群施放溶剂喷雾。药效虽无法作用于整个群体，但效力应该能显现。

第一批旅鼠在早上九点抵达崖顶，十点便挤满了山谷，而且旅鼠群还在不断壮大。沃尔特将喷雾器绑在背上，下到山谷，背靠岩石，拧开了喷雾器的阀门。没有风，安娜在山脊上清晰地看到白色云雾升起，沿着峡谷氤氲开来。她看到那灰色的浪潮起了漩涡，像河流被桥墩阻截：吸入药剂的旅鼠似乎在前进、停留、折返之间彷徨无措。之后她看见第二浪涌了过来，将第一浪踩在脚下，紧接着第三浪吞没了第二浪，很快，沸腾的旅鼠洪流已是齐腰深了；她看到沃尔特一只手快速挥舞了几下，慌张战栗的手势似乎是在求助，之后，他摇晃着，脱离了岩石的保护，倒了下去，被拖行，被湮没，又被拖行，忽隐忽现，像一个茔冢，隐匿于无数微小绝望的生命所汇聚的洪流之下，这些生命向着沼泽和不远处的大海奔跑，奔赴死亡，它们的和他的死亡。

就在同一天，沃尔特寄往大洋彼岸的包裹被退了回来。安娜三天后才拿到退件，此时沃尔特的遗体也被寻回。退件中有一封写给沃尔特的短笺，全文如下："致文明世界的所有智者们：注定消亡的阿伦德一族，向你们致以问候并表示感谢。我们无意冒犯，但特此将你们的药剂退回，以供需要者使用。我们更愿意享有吸食毒草的自由和在幻象中降临的死亡。"

合成人

临近中午，空气中躁动着一种特有的、复杂的声响，私语声和窸窣声混杂在一起。那声响仿佛是从教室的墙体中析出的，之后像起风一样蔓延开，最后会在放学铃声响起的瞬间达到顶点。马里奥和雷纳托还在答最后几题。马里奥先完成，准备交卷。雷纳托对他说：“我也准备交了。最后一题我没写，答错还不如空着。”他说这话的意图显而易见。

马里奥低声说：“让我看看……这题不难。快，你赶紧写：北面与意大利、奥地利和匈牙利接壤；东面与罗马尼亚和保加利亚接壤，南面……”

就在这时，铃声响了，像是上天发出的指示。细碎的响动轰然演变为刺耳的喧闹声，只能隐约听到老师在催促大家立即交卷，不管是否完成。学生们熙攘着拥入走廊、楼梯，很快便汇聚到街上。雷纳托和马里奥走在回家的路上，没走多远，发现乔治正在后面追赶他们。

雷纳托转过身说：“快点，胖墩儿，快，我们快饿死了……嗯，是我——饿了。旁边这个人可就难说了。也许他靠空气就能活着。”

马里奥没有理解这话里的含义，说道："不，我今天也饿了。而且我还赶时间。"

说话间，乔治呼哧带喘地追上了他们。

"赶什么时间？"他问，"现在又不晚，你家还那么近。"

马里奥回答说，不是饿不饿或晚不晚的问题，而是因为他打算下午去捡毛毛虫，因为今天是捉毛毛虫的好日子，它们肯定会出动的。乔治笑着问毛毛虫是不是固定每周五出动，马里奥一本正经地回答说因为昨天下了雨，今天又阳光明媚，他想捉的那些毛毛虫一定会出来的。

与乔治不同，雷纳托显得漠不关心。"毛毛虫，想想看！你把它们捉来干吗？要把它们煎了吃掉吗？"

乔治假装一阵恶心，说："饭点能不能别让人想这些。"

马里奥解释说，他已经准备好了一个小盒子，打算把毛毛虫养起来等它们结茧。

乔治来了兴致。"所有的毛毛虫都会结茧吗？他们是怎么做到的？结茧快吗？要花多长时间？它们的茧都像蚕茧一样吗？"两人说话时，雷纳托吹着口哨左顾右盼，好像完全不在意两人的对话。

"我也不知道，"马里奥回答说，"所以我想观察他们是怎么做的：是不是和书上写的一样。我有一本关于毛毛虫的书。"

"能借给我看看吗？"

"当然可以，但你记得还我。"

“放心，你知道我总是有借有还的。嗯，我今天可以和你一起去吗？”

马里奥面露难色，或者更确切地说，他扮出一副犹豫不决的样子：“呃……现在还说不好。我还不知道要去哪里捉，这要看我家人是否让我骑自行车了。你三点左右给我打个电话吧。”

雷纳托这时怒气冲冲地插嘴说：“瞧你这人。刚才还说赶时间，这会儿却说三点前都待在家里，我打赌你打算先写完作业。你现在是给自己找了个徒弟咯？跟着你捉毛毛虫，再把它们放在一个小盒子里。真有意思啊。”

乔治急忙辩解道：“那又怎么样？有人喜欢干这个，有人喜欢干那个，人和人不总是一样的。比方说，我也对毛毛虫感兴趣。”

雷纳托停了下来，用冷峻的眼神看着两人，然后刻意一字一句地说：“我是说，这对像他这样的人来说真有意思。”马里奥不是一个擅于辩驳的人。他迟疑了一下，小声问：“什么是‘像我这样的人’？”

雷纳托冷笑了一声，马里奥继续说：“我和其他人一样：你喜欢打排球，乔治喜欢集邮，而我对毛毛虫感兴趣。而且，我又不仅仅只对毛毛虫感兴趣，你们知道的，我还喜欢摄影……”但雷纳托打断了他的话。“得了吧，别装傻了！全班同学都发现了。”

“发现什么了？”

“发现……直说了吧，你和其他人不一样。”马里奥一时语塞，好像被这话戳中了似的：的确如此，这个想法其实一直盘踞在他脑中，为了逃避这个想法，他反复告诉自己，没有人和别人是一样的。但他的确觉得自己“更加不同”，即便是更优秀，也会让他感到相当困扰。

他很没有底气地辩解道：“胡说！我不知道是什么让你产生这样的想法。凭什么说我和其他人不一样？”

就像撞见邻居犯罪，雷纳托一副站在道德制高点的样子。

“凭什么？你现在为什么表现得这么无辜？不是你告诉我们，你爸妈当年拒绝在教堂结婚吗？还有，去年你得了个什么病，休学一个月，后来你好了之后也不和任何人说这个事，你妈妈送你来的时候和老师小声嘀咕了好久，如果有人碰巧凑近，她就转换话题。这些正常吗？不可疑吗？”

“那是我的私事。去年我得了一种病，我吃的一些药导致我晚上睡不着觉，所以我妈带我去做了检查。很多人都会遇到这种事，没什么好大惊小怪的。”

“对了！还有体育课！不是我一个人看到的，你总是一个人对着墙角脱衣服。知道为什么吗？乔治，你知道吗？”他停了下来，然后郑重地补充说，“因为马里奥没有肚脐眼，这就是为什么！你没发现吗？”

乔治脸涨得通红，回答说“是的”。他确实注意到马里奥在脱衣服时不喜欢别人看他，但并没觉得这有什么不妥。他有种背叛马里奥的感觉，但雷纳托振振有词的气势把他震慑住了。

马里奥因为愤怒、害怕和不知所措而双腿颤抖。“都是瞎话，愚蠢的胡编乱造。我和你们还有其他人一模一样，我只是有点儿瘦罢了。我可以给你们看，如果你们想的话，我现在就给你们看！”

“真厉害，在大街上脱衣服吗？但我会记住你的话，星期二，体育课，到时我们看看你有没有胆量。看谁说的是真话。”

说话间马里奥到家了，他草草和同伴们打了个招呼就回了家。另外两个男孩继续走着，乔治有些心绪不宁，默不作声。他很错愕，但这话题同时又让他欲罢不能。“我回答说‘是’证明我站在你这边……而且，马里奥不喜欢当着别人面脱衣服也是事实……但肚脐眼的事我不大明白。你是说真的还是只为了惹他生气？我是说，他到底有没有肚脐眼？如果没有，那意味着什么？什么样的人才没有肚脐眼？”

雷纳托说：“我说，你不是已经十二岁了吗？你不看报纸吗？难道你不知道肚脐眼是出生时留下的伤疤，也就是女人生孩子时留的伤疤吗？你认真看过那些创造亚当的画吗？事实上，亚当不是女人生的，所以他没有肚脐眼的伤疤。”

“好吧，但从那以后所有的孩子都是女人生的。一直都是这样。”

“现在已经不是这样了。很明显你家人还不让你看报纸。

你听说过药丸、试管和打针吗？马里奥就是这样出生的，还有其他几个像他一样的人。他不是在医院出生的，而是在实验室。有一次我在电视上见过。是在美国，但很快他们也会在我们这里建一个，是一种孵化器，就是那种孵小鸡用的孵化器，里面有很多试管，孩子们就在试管里，当他们一点点长大时，就给他们换更大的试管。还有紫外线灯和其他不同颜色的灯，否则孩子们就会失明，而且……”

“但这和药丸有什么关系呢？那不是用来防止生孩子的吗？”雷纳托愣了一下，但立刻又镇定自若地说道：“药丸……哦，那是另一回事，我搞混了。但他们也在试管里放药丸：红色生男孩，蓝色生女孩。他们一开始就把药丸连同配子一起放在第一个试管里。我是说，连同染色体，你知道的。报纸上也说了，在‘科学杂谈’板块，他们有一种代码，就像菜单一样，父母——但不是真正的父母，换句话说，那些想要孩子的男人和女人们——可以配置孩子的眼睛、头发、鼻子和所有的细节，包括身材胖瘦，等等。”乔治全神贯注地听着，但作为一个理智的男孩，他很警惕，不轻易被人蒙骗或被添油加醋的话所迷惑。“那打针呢？你之前为什么说要打针？”

“因为这一系列操作都有赖不同的注射器。一个用于提取配子，另一个用于注射培养液，还有许多其他针管用于各种荷尔蒙，每种荷尔蒙一个，要是搞混了可就麻烦了，怪物就是这么搞出来的。你知道这是一个微妙的过程。然后，当到达最后一个阶段时，他们打破试管把婴儿交给父母，父母像哺育、抚养自然出生的婴儿一样照料这些孩子。事实上，其他方面他们和旁人完全一样，唯一一点就是没有肚脐眼。”

“就像马里奥。但你确定他没有吗？”

雷纳托越说越对自己的观点深信不疑，他觉得自己的口才相当了得：“半小时前还只是一些假设，但现在我完全确定了。你没看到我当着他的面说那番话时，他脸红了吗？他为什么着急走？都快哭出来了。”

“能看出他心里很害臊，”乔治悻悻地说，“可怜的马里奥，我甚至有些同情他，刚才我也脸红了，正是因为同情他。这不是他的错。如何出生不是他自己可以选择的。最多是他父母的错。”

“我也很同情他，但你得小心他们这样的人。你看，他们从外表上看和其他人没有两样，但如果你仔细看，会注意到一些问题。比如马里奥，你要是仔细看就会发现他的雀斑和其他人不一样，他的眼皮和嘴唇上都长着雀斑；他的指甲上满是白色斑点，你知道那代表什么意思的；他发大舌颤音的方式你必须努力适应，才能听懂而且不笑出来，总的来说，他独特的口音即使在一千个人当中也能轻松辨识。还有，你能解释一下他为什么从来不打架吗？打着玩都没有过。他不会游泳，今年才学会骑自行车，还是你教的他。他学习那么好，而且过目不忘，一点儿都不奇怪！”

乔治的记性不是很好，于是他紧张地问道：“那意味着什么？”

“意思是他的记忆力有磁场，就像计算器一样不差分毫。你有没有发现，一到晚上，他的眼睛像猫一样闪闪发光？这和夜光钟的道理是一样的，现在夜光钟已经禁用了，因为长期使用夜光钟会导致癌症。这样一想，也许最好不要和他做同桌了。”

“那你为什么还要和他坐一起？”

“因为之前我没想过。再说，我对有些事没那么在乎，我对马里奥很感兴趣。喜欢观察他的行为……”

“……然后抄他的作业！”

“当然，也包括抄他的作业。有什么问题吗？”

乔治很困惑，沉默不语。他对这事半信半疑，但忍不住想要追根究底。为什么不和马里奥本人谈谈这件事呢？只要掌握分寸，不提过于直接的问题就好。

两星期后，马里奥完全变了一个人，所有人都注意到了这点。老师讲完了查理曼大帝的相关章节，深知自己在过去的八年里，讲同一章节时总是在重复着相同的辞令，她本想尝试给学生们增加关于梦境和洞穴的传说的部分，但很快就放弃了这个念头。最后，她决定用剩下的十分钟进行测验，复习一下。她抬起头来，搜寻着学生的目光。如果学校和世界真的如她所希望的那样，孩子们应该愉快地应对这个挑战，然而，教室里只听到窸窣的声音，有叹息声，有书桌下默默翻开书本的声音，有撩起袖口看手表的声音。教室里的气氛愈加黯淡。

朱赛佩说："'懒王'[1]是克洛维一世的后代。"鲁道夫回答说："柳特普兰多是一位国王。"但没有做其他任何解释。他身后立刻鼓噪起一阵窃窃私语——"伦巴第国王"——但鲁道夫要么是出于傲慢，要么是为了遵守"公平竞争"原则，或者由于耳背，也可能是不想把事情复杂化，他对提示充耳不闻。桑德罗对秃头查理[2]显得十分熟稔：侃侃而谈了整整四十秒钟，好像是在聊他的某位亲戚，而且精确地使用了远过去式[3]。出乎所有人的意料，马里奥回答问题时卡壳了，但是，老师确信马里奥不可能不清楚是谁在普瓦捷战胜了阿拉伯人（这基本上算是个常识问题）。然而，马里奥站了起来，用冷漠傲慢的语气回答说："我不知道。"他明明上一周就知道答案的，甚至还在笔记本上专门进行了标注，尽管没人要求他这样做！

"我不知道，"马里奥眼睛盯着地板重复道，"我忘记了。"

游戏都是有既定规则的，而她感觉马里奥正在耍什么花样，便继续说："再想想看，一位宫相，更确切地说，一名'宫廷教师'……他因为这次决定性的胜利还被冠以一个奇怪的绰号……"她听到一个声音，应该是雷纳托在嘀咕："告

① 法兰克王国墨洛温王朝的十二位国王。

② 指查理二世。

③ 意大利语的一种语法，多用于文学作品或历史文献的写作。

诉她！你为什么不说话？”然后是马里奥的声音，依旧固执而冰冷：“没用的，我已经忘记了。我不记得了。我根本没学会。”接下来是更多的声音，包括雷纳托，大家都在起哄。“告诉她，告诉她！你为什么不告诉她？她很清楚的。你以为她没发现吗？你说出来更好！”声音充斥在教室中，教室里氛围聒噪，令人窒息。最后，她听到自己的声音，那声音犹疑不定，她似乎说道：“告诉我，马里奥，你是怎么了？你有些不对劲，有一段时间了，你心不在焉，失去斗志。还是你只是像法国‘懒王’们一样有些懈怠？”最后，在充斥着焦躁、激动不安情绪的教室里，她听到了马里奥坚定的声音，他始终站在那里。“我没有改变。我一直这样。”

她知道，和马里奥进行一次面对面的谈话是她职责所在，也是唯一正确的做法；但同时，她内心某处却在抵触这次谈话，她怯懦地试图拖延碰面。到了约谈的那天，她诧异地发觉自己竟然比那个男孩更矮小，而且不够严厉，不够严肃，显得轻率，缺乏稳重感。但她是一个理智的女人，必须尽力扮演好自己的角色。

“我实在不明白你在想什么。别昏了头。你是个聪明能干的孩子。这两年我一直在观察你，我知道你很有潜力。你只是有一点注意力不集中：你最近很累吗？是身体不舒服，还是家里发生了什么事？”

沉默，然后，像是从一个面罩后面传来了马里奥的声音："不。一切正常。我不累。"

"……是因为他们说了什么吗？他们怎么跟你说的？我看到雷纳托经常跟你说话，而你却不敢看他。他羞辱你了吗？还是在跟你胡说八道？不管他说什么，肯定都是开玩笑，你知道的，小孩之间的事情其实无关紧要，你不必放在心上，付之一笑就一切如常了。你越在乎，他们就越变本加厉。"

她立即意识到自己的随意揣测戳中了要害。马里奥脸色煞白，抬起头，与她目光交错，眼中闪烁着放下戒备后的疲倦和松弛。他嚅动着嘴唇，喃喃道："那不是胡说八道。是真的。我和其他人不一样，我已经发现一段日子了。"他悻悻地笑了笑："雷纳托是对的。"

"你怎么和其他人不一样了？哪里不一样？如果有什么不同的话，那就是你更加优秀。我不明白你为什么要为此烦恼。你又不是班上的最后一名……"

"不是这个。我生下来就和别人不一样。没办法改变了。"

"生下来就不一样？"

"我是个合成人。"

下面只能看校长的了，这正是校长出马的时候。校长此刻应该是一个诚恳而友好的角色，但即便最优秀的校长也有自己的局限，只能理解到一定程度。他建议她再等等看，这真是个好建议。此时此刻，马里奥就站在外面的走廊里，她感觉自己的脑袋嗡嗡作响，像一台熄了火的发动机：嗡嗡声，轰隆声，脑海迸发出各种问题和不着边际的答案。她请求校长让马里奥进来，校长同意了，尽管有些为难。马里奥走了进来，坐下，仿佛一个等待上绞架的人。校长觉得自己像个三流的演员。

“你好，马里奥。那么，你有什么要对我们说的吗？”

“没什么。”马里奥说。

“‘没什么’太简单了。虚无之上便只有虚无。我听说了一些，一些你的想法……一些他们给你讲的胡言乱语……我很惊讶，真的很惊讶，像你这样理智的孩子竟然会听信那些话。关于这件事你想说些什么吗？”

“没什么。”马里奥说。

“你看，孩子，我觉得你（当然不仅仅是你）可能有点昏头了。你可能压力太大了，就像……一条超负荷的电话线。你从周围的环境获取了过多信息：书籍，报纸，电视，电影……当然还有学校。你觉得我说得对吗？”

马里奥沉默不语，眼神空洞，连敷衍回答都不愿意。

校长接着说：“但如果你什么都不说……如果你不让我帮助你……我们就找不到任何解决办法。除了你已经要上的那么多课之外，我只能再给你上一课。”校长尴尬地笑了笑，“不一样。所以你感觉自己跟别人不一样。但我们每个人都是不同的，天哪，如果我们都是一样的那可就太糟了：有些人生来就是要成为科学家的，就像你一样，不是吗？有些人会是一些精明的商人。有些人则最好从事某些相对谦卑的工作。

我们每个人都可以，而且必须做一些让自己进步的事情，让自己更加有修养，但是每个人的生长环境和本性都是不同的：这也许不公平，但事实确实如此，它们是我们出生时便从我们的父辈和祖先那里继承下来的，而且……”

马里奥用克制的语气打断了校长：“好吧。没错。但我现在该走了。”

院子里，两支随意组合起来的球队在打着一场毫无规则可言的篮球赛，喊叫声此起彼伏；另一群人，就在他们近前进行着跳远比赛，尽管沙坑里几乎没有什么沙子。一个角落里，马里奥面对三五个听众说着什么，这些听众不是他们班上的，好像被他所说的话唬住了。

马里奥说：“我们现在人数不算多，但以后我们会越来越壮大，我们将主宰世界，那时就不会再有战争了。是的，因为我们不会像现在这样互相争斗，也没有人能攻击我们，因为我们是最强大的。以后也不会有任何不公平：我们不会再区分白人、黑人、中国人，他们都是一样的，包括那些存续下来的土著人。我们将销毁所有的原子弹和导弹，反正它们不再有任何用处，我们会从这些武器中提取铀，为全世界所有人提供免费的能源。食物也将完全免费提供，即使是印度，也不会再有人饿死。我们会少生孩子，这样每个人都有地方。所有出生的人也会和我们一样。”

“那是什么样的人？”有人小声问道。

“像我一样。或者通过电话，通过无线电，一个男人和一个女人连线，然后一个孩子就出生了，但不像现在这样随机，是按计划出生……嗯？你们别那样看着我，我是第一批，也许他们对我的设计不是特别完美，但现在他们正在尝试一种新的系统，他们设计孩子就像设计桥梁一样，一个细胞一个细胞地计算。还可以定制，可以很高、很壮、很聪明，也可以善良、勇敢、公正。他们甚至可以像鱼一样在水下呼吸，能够飞行。这样，世界就会变成有序和正义的世界，每个人都会很幸福。你们知道吗；我不是一个人。咱们身边就有……马赛拉·斯科蒂老师。我以前只是怀疑，但现在我很确定。我俩非常相似，包括发音和走路方式，而且她从不生气，也从不提高嗓门。不生气是很重要的，这意味着你已经实现了自我控制，或者你正在接近自我控制。当达到自控状态时，一个人甚至可以停止呼吸，感觉不到疼痛，让自己的心脏停止跳动……嗯，前几天她把我叫到一边的时候我才意识到她是我们的人。”

“这么老？”乔治若即若离地站在越来越多的听众外围问道。

“她也没那么老。老不老跟我说的有什么关系？”

“当然有。”乔治耐心地解释道，“你不是说他们做这件事才开始没多久吗？”

马里奥看着他，好像没有立刻明白他的意思，但马上就回过神来。

“我不知道，也许她实际年纪比看起来小，但也可能她生下来就是这样的。”

“怎么可能！生下来就这么老……我是说，一出生就是老太婆？”

“‘出生’只是字面意思，你们明白我的意思：她被造出来就是这样的，因为我们时间紧迫，不能再等了。我们不能再浪费时间了。到2000年，人口将达到一百亿，知道吗？一百亿。如果我们不采取任何措施，到时就只能人吃人了。但即使到不了那个地步，全世界的水和空气也会受到污染，雾霾严重，即使珠穆朗玛峰也无法幸免。水将尤其宝贵，因为水源会干涸。这一切不是信口开河，已经发生了。这就是为什么现在必须直接造出年长的人、工程师和生物学家。我们不能等着今天出生的孩子慢慢长大，大学毕业。要等三十年他们才能开始工作。这就是为什么我们需要……立刻需要年长之人。”

雷纳托举起双臂冲到他面前，好像要拦截一头冲锋的公牛。实际上，他想让马里奥闭嘴，他身上充斥着愤怒和一种阴暗的恐惧。“闭嘴，小丑！别编故事了，斯科蒂既不是工程师也不是生物学家，她只是个老巫婆！”

马里奥大声反驳，以至于整个院子的孩子们都停了下来朝这边张望。

“她才不是老巫婆，她是我们中的一个。就在昨天，我在走廊里遇见了她，她给我做了标记。”

“什么标记?”雷纳托问。

马里奥没有马上回答，他看着雷纳托，体内似乎有什么东西熄灭了。他垂下双臂，耷拉着脑袋，然后，用一种异样的、微弱的声音说：“走开，雷纳托。我不想看见你。如你所愿，我说了，现在我变回普通人了。和你，和你们大家一样了。走开，都走开，让我一个人待着。”他退到墙根，贴着墙壁挪到门口。不久之后，乔治在体操房的一个角落找到了他，他坐在地上，头埋在两手之间，哽咽抽泣。

遥　望

题解：

据称，人类将在几年内，甚至就在今年，即 1967 年，登上月球，同时不可逆转地将我们的细胞机制、传染病和文明移植过去。

当这一切实现时，或第一批访客的首份报告发表时，以往所有关于月球的文学作品——有名气没名气的——都将黯然幻灭。因此，我很乐意读者将本文视作向萨莫萨塔的琉善①、伏尔泰②、斯威登堡③、罗斯丹④、埃德加·爱伦·坡⑤、弗

---

① 琉善（约 125—180 年），罗马帝国时代以希腊语创作的讽刺作家，以游历月球的奇幻短篇《信史》（周作人译作《真实的故事》）及一系列对话集而闻名。

② 伏尔泰（1694—1778），法国启蒙时代思想家、哲学家、文学家，曾写作科学和哲学著作《形而上学》《牛顿哲学原理》，后者使牛顿光学与力学理论终于被广大民众认识和接纳。

③ 伊曼纽·斯威登堡（1688—1772），瑞典著名科学家、哲学家、神学家。

④ 埃德蒙·罗斯丹（1868—1918），法国剧作家。所写剧本充满幻想和离奇的情节，带有浪漫主义色彩。

⑤ 埃德加·爱伦·坡（1809—1849），19 世纪美国诗人、小说家和文学评论家。科幻作品《汉斯·普法尔历险记》讲述了一位荷兰破产者利用气球前往月球的故事。

拉马利翁[1]、H. G. 威尔斯[2]致以最后的敬意。

“伪”题解：

我们拿到的报告原文为塞勒涅[3]线形文字B，这给FBI的解码人员制造了巨大的技术困难，因此，请读者对其中前后矛盾或含糊不清之处予以谅解。此外，还请注意，简单起见，转写文本中尽可能采用了地球通用的度量单位、时间概念和地理术语来对应原文表述。

因此，当提及城市或船舶时，我们必须明白，“城市”（密集的人类居住地）以及“船舶”（由人类建造和驾驶的巨型漂浮物）是我们的认知概念，并非未知的报告撰写人本意，二者对于原撰写人而言的真实含义如何并不清楚。

报　告

1. 有效范围

本报告记录了最近所观察到的一些地球表面的变化与活动。没有对以年或月为单位的规律性变化和运动进行记录，例如极地冰盖的周期、平原和山脉颜色的变化、潮汐、大气

---

① 尼可拉斯·卡米伊·弗拉马利翁（1842—1925），法国天文学家和作家。他曾宣称火星上的居民尝试过与地球通讯。

② 赫伯特·乔治·威尔斯（1866—1946），英国著名小说家。著有科幻作品《月球上的首批人类》。

③ 古希腊神话中的月亮女神。

透明度的变化等，因为这些现象早已为我们所了解，许多既往报告已对其开展过透彻分析，并且确定与天文周期相关，因此，该类现象与任何地球上存在生命之假说没有关联。

2. 城市

关于城市和港口的描述、命名和位置，详见1876年1月15日的8号报告。由于光学仪器分辨率的提升，我们近期观察到，大部分城市都处于快速增长阶段，其上空的大气趋于浑浊，充斥着尘埃、一氧化碳、二氧化硫和其他硫化物。此外，还能确定，它们不是一个简单通过颜色差异而与周围地带区分的区域。我们在其中许多地方观察到一种“精细结构”：例如巴黎、东京、米兰，这些城市均具有一个明确的中心，从该中心辐射出许多细线，此外，围绕中心还有一层层的圆形或方形的细线。其他城市，主要以港口为主，都呈现出一种网状结构，基本上由直线和正交的细线组成，这些细线将市区划分为长方形或正方形的区域。

2.1. 夜光

1905—1910年起，城市的细线在当地日落后不久会陡然亮起。更确切地说，随着日夕线的移动，在转为黑夜后的30—60分钟内，每座城市的细线相继点亮，每根细线瞬间亮起，并在5—10秒内完成这个点亮过程。发光持续整晚，并在日夕线再次通过前约30分钟骤然熄灭。该现象非常引人注目，许多观察者都仔细研究过，它具有令人惊讶的规律性：平均一个城市每一千个夜晚，只有一两晚会出现发光中断的现象，且大部分与附近发生的严重大气扰动同步，因此假设它是一种电现象并非没有依据。

关于异常时期夜光的变化，见下文第 5 点。在上述异常时期结束后，该现象恢复了其固有的规律性：总之，城市亮度的光谱检查表明，大约在 1950 年之前，光主要为（热辐射导致的）连续光谱，之后，源自稀薄气体或荧光放射的带状及线状光谱密度愈来愈大，与连续光谱叠加。

1965 年与 1966 年之交的冬天，纽约市出现过一次夜光彻底消失的现象①，尽管当天纽约上空能见度良好。

2.2. 生长

如前文所述，许多城市发展迅速。一般来说，在现有网格结构基础之上，辐射式城市沿半径生长，网状城市通过新的正交网格层生长。显然，这与晶体生长模式十分类似，表明城市是地球表面具有明显晶体特征的广阔区域。另外，我们月球上也有这样的例子，在阿里斯塔克斯陨石坑内，高度结晶化的长石②地层异常壮观，横亘数公顷。

最近所发现的形态规则的物体，进一步证实了城市的结晶体性质假设，这些物体高达数百米，似乎为斜方晶系结构，

---

① 指 1965 年 11 月 9 日晚纽约市遭遇的一次持续了近十三个小时的全城停电。

② 长石族矿物的总称，地壳中最重要的造岩成分。月球的地壳也由长石组成。

很容易在黄昏时分，基于它们的投影对其进行观测：它们的截面呈矩形或正方形，在某些情况下，可以观测到它们的形成过程，它们沿着垂线以每月 10—20 米的速度生成。该结构很少出现在城市以外的区域。在合适的几何条件下，有些会镜面反射阳光，这使得晶体常数测量变得更为容易。

在地球许多平原上可观察到颜色略有不同的矩形结构，里面可识别出一些二维晶体序列的痕迹。

2.3. 椭圆形陨石坑

此前的报告多次记录了在城市或城市附近，有椭圆形（个别情况下为圆形或半圆形）的陨石坑存在。它们形成速度缓慢（5—15 年），地中海的一些城市还有十分古老的陨石坑，但公元前 8 世纪之前没有过任何观察记录。也许是由于地质侵蚀或自然灾害，大多数此类古陨石坑已无迹可寻。在过去的六十年间，许多新的陨石坑涌现，所有面积超过 30—50 公顷的城市都有，更大的城市通常拥有两个或更多。它们从不出现在斜坡上，大小和形状都非常统一。它们的平面图不是一个严格的椭圆形，而是一个大约 160 × 200 米的矩形，两条短边各连接一个半圆。它们的朝向似乎是随机决定的，不受城市网格走向或地图坐标所限。从暮光投影的轮廓可以清晰地确认其陨石坑特征：它们的边缘高出地面约 12—20 米，外沿垂直下降，内沿倾斜度大约为 50%。其中一些陨石坑，夏季有时会在夜晚发出微弱的光亮。

据此可以推断它们有可能为火山口陨石坑，但它们与城市形成的关系尚不清楚。同样神秘的是陨石坑时常出现的以星期为单位的变化，我们将在下一小节进行描述。

3. 非天文学周期

地球上所观察到的许多现象都以七天为一个变化周期。这是近几十年以来，通过光学仪器观察到的特点，所以我们无法确定其起源是在近代还是在远古，抑或可以追溯至地壳形成时期。这绝对不是天文学意义上的周期：众所周知，月（太阴月或恒星月）和年（太阳年或恒星年）都不以七天的倍数计算。

七天的周期非常严格，我们称之为DSG[①]（第七日）现象，主要波及城市及其附近区域，该现象同期发生在整个地球表面，当然，排除了时差因素，以当地绝对时间为准。目前无法解释这一现象，也没有令人信服的假设：出于好奇，一些观察者提出了生物周期的假设。根据这个假设，地球上的任何生命（植物和/或动物），都应该是严格的单基因生命，都受到一个极其普遍的周期影响，活动和休息（反之亦然）以六天加一天为周期。

3.1. 陨石坑的DSG活动

前面提到，椭圆形陨石坑受七天周期影响。通常它们

---

① 意大利语 Del Settimo Giorno 的首字母缩写。

的外圈是白色的，但第七天，有几个小时（通常在午后没多久），陨石坑会变成灰色或黑色，并保持约两个小时，然后在15—20分钟后恢复原本的白色。除第七天以外的日子里这种现象极为罕见。陨石坑的中心区域则没有显示出明显的颜色变化。

3.2. 其他 DSG 相关活动

在第七日清晨，城市周边（呈辐射状的）细线颜色趋黯。在入夜后的几个小时，尤其是在夏季，即便是城市外围，这些细线也会微弱发光：从特定角度观察，这一发光现象分裂成两条平行且连续的细线，一根发白光，一根发红光。

海岸的一些区域也会出现 DSG 变暗现象。该现象主要出现于离城市不远，海浪较为和缓的奇特淡黄色海岸。只发生在日照最强的季节和地点，当地日出一两个小时后开始，持续至日落。在一些有变暗现象的海岸，不仅第七日，在其他时间段同样可以观察到变暗现象，整个过程从夏至后约一个月开始，共持续十五到三十天。

3.3. DSG 异常

最近几个月有现象表明，在北非、南亚和马来群岛的一些地区，DSG 现象比地球其他地方提早两天出现，而在亚洲和非洲交界的地峡上只提早一天。然而，在不列颠群岛，该现象出现在第六天和第七天。

4. 港口与港口活动

众所周知，“港口”是指位于海洋、湖泊或河流沿岸的城市。关于这些地理概念的定义，请参考前期报告。在此仅简要回顾一下，海洋、湖泊和河流的液体性质已通过其反射的太阳偏振图像检测得以确认，鉴于地球表面存在的温度和压力条件，现在普遍认定所涉及的液体为水。水、雪、极地冰盖、冰川、大气湿度和云量之间的关系已在 7 号报告中进行了阐述。

我们将在这里主要分析海港问题。早在远古时期，就有观察者发现这样一个事实，即港口总是位于水位较深的海湾，且常常处于河流的入海口。在内陆城市出现的所有现象也同样会出现在港口，但这里还会开展一些其他极具观察价值的特定活动。

4.1. 船舶

简单起见，我们用“船舶”一词来命名通过现代光学仪器所监测到的细长形状的特定漂浮物体。它们在水中以不同速度纵向移动，但很少超过 70 公里 / 小时；它们最长约为 300 米，最短则小于我们仪器的分辨能力（约 50 米）。

船舶具有关键意义：除了经常从极地冰川上脱落的碎片之外，它们是唯一可以在地球表面上看到的物理移动物体。虽然船舶移动缓慢且看上去没有规律，但其运动模式却值得特别关注。

4.1.1. 船舶的运动

船舶分为周期性和非周期性运动。前者在两个港口之间固定往返，经常在中途某港口停留数小时，它们的规模和航行距离之间存在一个大致的正相关关系。一般情况下它们不会在公海停泊，每艘船舶在白天和黑夜都以非常恒定的速度移动，且它们的航线基本为出发地和目的地之间的最短路线。

它们在晚上发出微弱的光亮；有时它们会在港口停靠几个月。

即使是非周期性船舶也会从一个港口移动到另一个港口，但没有明显的规律性。它们的停泊时间通常较长（最多可达10天）；有的则在公海不定期游荡或长时间逗留。它们不发光，平均速度更慢。除港口之外，船舶不与大陆接触。

4.1.2. 船舶的形成与消失

所有船舶都在为数不多的几个位于大小港口的固定地点形成。形成过程从几个月到一两年不等，似乎是以最初形成的主轴为基准横向生长。船舶的寿命为30—50年，通常，在某个港口，有时是制造港，停留较长时间后，它们似乎会经历一个快速分解的过程。在极少数情况下，船舶会在公海消失，相关情况参见第5点。

4.1.3. 船舶性质的假设

已经排除船舶是漂浮的浮石或冰川的可能性。近期一个大胆的理论值得关注，根据该理论，它们属于水生动物。周期性船舶智商较高，其他则智商较低（或方向感较差）。前者会以港口的某些物质或生命物种为食，其他的可能会以公海中（我们观察不到的）较小船舶为食。然而，根据一些调查，它们似乎会表现出对碳氢化合物的向性反应。

事实上，许多非周期性船舶经常停靠在大气中含有甲烷和乙烷的地区的港口。这两个物种应该都是在港口完成其繁殖周期的，但具体过程不明。

4.2. 陆地港口

在许多城市，可以看到被称为“陆地港口”的区域，这是一种特殊的、在夜间发光的灰色细线图案：它们是宽 50—80 米、长 3000 米或更长的一个或多个矩形区域。我们观测到，一些呈细长等腰三角形的白云状奇异物体会在陆港之间运动，最高以 800—1000 公里 / 小时的速度移动。

5. 异常时期

该名词通常指的是 1939—1945 年这一时期，其特点是出现了大量偏离地球规范的现象。

如前所述，在大多数城市，夜光现象似乎受到干扰或中断（2.1）。城市生长也非常缓慢或近乎停滞（2.2）。陨石坑的 DSG 变暗现象也不那么密集和规律（3.1）；海岸区域变暗现象同样如此（3.2）；城市细线（3.2）、陨石坑（2.3）和周期性船舶（4.1.1）的 DSG 发光现象消失。

周期性船舶（4.1.1）的往返节奏似乎受到严重干扰；另一方面，从数量和规模上看，非周期性船舶的增长以压倒性优势超越了周期性船舶。通常，船舶在公海突然失踪（4.1.2）非常罕见，但在该时期发生频率很高：有据可查的不少于 800 起，发生时间从 4 分钟到数小时不等，但鉴于观测的不完整性，以及不可能在同一时刻监测超过一半的地球表面，这一数据无疑应乘以两倍，甚至要乘以更高的因数。

一些船舶失踪之前会出现强烈的瞬时发光现象；在同一时期地球的不同区域，尤其在欧洲、远东和北非海岸线地区，也观测到了类似现象。异常时期的结束以两次非常活跃的爆炸为标志，两次爆炸之间相隔两天，均发生在日本。在随后的十年中，太平洋各小岛以及中亚的局部地区也观察到同级别或更强烈的爆炸现象。在撰写本文时，这一现象似乎销声匿迹或处于休眠状态。

代理人

这是一个明快宜人的空间：光从四面八方柔和地映照进来，蓝白色的光谱微微闪烁。白色哑光的墙壁向上延伸，逐渐隐没在模糊的辉光中。光滑的柱子通体白色，与依稀可见的穹顶融为一体。

S 穿着白色的长衫，坐在桌案前的高凳上。他很年轻，几乎还是个少年，他正在纸上画着一个由对角线构成的复杂图案，这些线条从纸张左下角的一个点辐射出来，井然有序地汇聚到另一个点，透视原理让这个点看上去超出了纸的边界，仿佛落在无限远处。纸张是淡黄色的，墨水是棕色的，纸上布满了修改痕迹以及解释性的词语和句子，像是为了不错过任何一个想法而匆忙写下的。桌子和凳子位于空间的中央，离墙壁很远，周围空空荡荡。S 全神贯注地画着，但并不连贯，他时而奋笔疾书，时而停下来，仿佛被某种心绪缠绕而神思游弋。

远处响起门铃声，S 没听见，仍埋头工作。过了十几秒，门铃再次响起，S 抬了一下头，但没有理会，继续绘图。门铃第三次响起，这一次，铃声急促而坚决，S叹了口气，放下铅笔，从高凳上下来，向大厅的尽头走去。他的身影在开阔的地板上显得纤细渺小，脚步声在寂静的穹顶下长久地回荡。穿过宽阔的走廊，他走进接待室。这是一个很狭小的房间，天花板很低，伸手可触。一个健壮的年轻人，一个风韵犹存的金发中年女人，一个头发花白的清瘦男子正站在桌子旁等候他，那年轻人手里还拎着一只手提箱。S在门口驻足片刻，有些迟疑，然后走进房间说了声“请坐”，便先自顾坐下，那三位访客也随之落座。S对于工作被打断有些不快。他问道：“请问有何贵干？”接着，他注意到年轻人放在桌子上的手提箱，有些失望地补充说：“啊，我明白了。”

年轻人并没有过多地寒暄客套，他打开手提箱说：“不，您看，咱们最好一开始就把话说清楚，避免误会。我们既不是保险经纪人，也不是推销员，或者更确切地说，我们不是来推销货物的。我们是公职人员。”

“那么，你们是来……”

“没错，您猜对了。”

“那你们给我的提议是……？”

“地球，”年轻人回答说，同时俏皮地挤了下眼睛，“我们是地球专家，您知道，地球是太阳系的第三大行星，而且是一个很不错的地方，如果您允许的话，我们可以给您介绍一下。”他从S的神情中察觉到一丝犹豫，便接着说，“您很惊讶？没想到我们会来，是吗？”

“是的，实际上……我最近注意到了一些动静，也听到一些流言，还有几个同伴毫无征兆地凭空消失了。但是……我还没准备好。我觉得自己还没准备好。我没有做任何计划，也没有做任何准备。您知道的，只要没有设定一个最后期限，你宁愿茫然地混日子也始终无法做出决定。”

年轻人训练有素地打断了他。“当然，别担心。这是正常的，几乎无一例外。很难遇到一个能立刻给我们回复‘是’或‘否’的候选人。毕竟，这不难理解：独自一人，没有参考先例，没有正式文件，这样是很难建立概念的。而这正是我们到访的原因。如果您能听我们介绍一下，我们不会占用您太多时间的。尽管你们有的是时间。不像我们，总是来去匆匆，而且还不能表现出不耐烦，否则怎么做生意？”

说话间，年轻人在手提箱里翻找出几张地球的照片。有些是教科书式的照片，有些是从高空或太空拍摄的。他一张一张地拿给S看，用非常职业的口吻讲解起来：“您看。正如我所说的，我们负责研究地球，尤其精通人类。艰难的时代早已过去，它现在是一个装备齐全的星球，甚至可以说是一个舒适的星球，最大温差绝对值不超过120摄氏度，大气压力在不同时间不同地点几乎始终恒定。一天24小时，一年约365天。地球还有一颗美丽的卫星，它会引起温和的潮汐，还会柔和地照亮夜晚。这颗卫星比太阳小得多，但其精妙的定位使它看上去与太阳有着相同的直径，因此，您会看到日食现象，懂行的人非常热衷于此，您看，这是一个完整的日冕图。地球还有一个无边无际的咸水海洋，就在这里，看到了吗？我给您看一下动态图。”

照片中，一片辽阔的海洋拍打着沙滩，一望无际，海面微微掀动。

“照片其实没办法展现它全部的美，但这绝对是地球上最令人陶醉的风景之一。我认识的一些客户，在地球生活多年之后仍喜欢在大海前沉迷，那是一种永恒的节拍，一成不变却又变幻莫测。在他们看来，这旅程是值得的。可惜我们的空闲时间太少，否则……啊，忘记告诉您了，地球的纵轴相对黄道平面有一个小倾角，您看这里。”

年轻人从一堆图纸中抽出一幅地球的示意图，上面有子午线和纬线。随着他发出的一声指令，地球的影像开始缓慢地旋转起来。

“由于这一简单原理，地球上的大部分区域得以拥有变幻的四季和宜人的气候。而且，地球有一个特殊大气层，这在银河系独一无二，您不知道我们是费了多少时间和精力才搞定的。想想看，超过 20% 的氧气，无价的财富，永远不会枯竭的能源。想必您也知道，有很多人鼓吹这里有石油，有煤炭，那里有氢，有甲烷。我知道一些星球，甲烷多到取之不尽，但没有氧气，甲烷有什么用？好吧，我最好还是打住，贬低竞争对手可不太好。哦，请您见谅，我有点跑题了，忘了自我介绍。”

年轻人从口袋里掏出一张名片递给 S。“这是我的名片，我叫 G，是总顾问，这两位是我的助理，B 女士可以回答您关于人际关系方面的问题，我的同事 R 将就历史和哲学问题为您做出解答。”B 女士颔首微笑示意，R 先生站了起来，非常谦恭地鞠了一躬。他们把各自的名片递给 S。

“非常荣幸，”S 说，“我很愿意和二位交流一下。但我们的交谈没有什么约束性，对吗？我不想……”

“您尽管放心，”G 说，“咱们的谈话不代表任何约束性承诺，而我们也将尽力避免对您的选择施加任何压力，我们将以最客观、最详尽的方式展示相关数据。然而，我们也有义务告知您：我们的拜访仅此一次。您一定也能理解，候选人很多，而灵魂中介这行的从业人员却很少。这不是件容易的事，您知道的，它的确能带来很大的成就感，但成功率并不高。因此，我们每天都很忙，除了极个别例外情况，同一个候选人我们无法拜访两次。您可以自己观察、判断，然后在完全自愿的情况下做出决定。您将告诉我们‘是’或‘否’，而且无论您做何选择，我们分别时都会是朋友。现在我们可以开始了。”

G 又从手提箱里拿出一叠照片，递给 S，继续说：“这是我们的样本。也是我们的厉害之处。全是第一手资料，完全值得信赖，我们每六个月就要更新一次。”

S 好奇地翻阅着图片，里面是许多美丽的生物，色彩艳丽、和谐。其中很大一部分都是人类样本：年轻漂亮的女性人类，嘴角微微上扬；体格健美的男性人类，他们在画框里徐徐移动，仿佛迫不及待地想动起来。

“这些是男人吗？”

“男人和女人，”G 回答，“您知道二者之间的区别对吗？区别很小，但很关键……一个波利尼西亚[①]女子……一个塞内加尔[②]猎人……一个洛杉矶银行的职员……一个澳大利亚拳击手……我们来看看他拳击比赛时的样子好吗？瞧这一拳，多么有力，像头豹子……一个年轻的印度母亲……”

这位年轻的印度母亲一定是被错放进了那叠图片：事实上，她的容貌并不美丽。她因饥饿而身形枯槁，怀里抱着一个营养不良的孩子，肚子鼓胀，两条腿瘦得像竹竿一样。G 赶在 S 发问前迅速收回了这张图片，取而代之的是一个金发碧眼、身材匀称的丹麦女学生的图片。

S 仔细地看了看那张图，然后问：“他们出生时就是这样吗？我是说，这么优秀？”

B 女士浅笑了一下接话说：“不，是有一个成长过程的。他们生下来时很小，在我看来，也更可人一些。”她转向 G 说：“您能给我找一些成长过程的图片吗？”

在翻找了一会儿后（手提箱里的东西似乎有些零乱），G 拿出一张图片递给 B 女士，B 女士又把它递给了 S。图片里是一个肌肉发达的年轻人，健硕得像个怪物：他赤身裸体地站着，两腿分开，双手握拳举过肩膀，他的二头肌发达，脸

---

① 位于太平洋中南部的地区，由数百个岛屿组成。

② 西非国家。

上挂着一个有些狰狞的微笑。突然之间，这个年轻人变成了一个少年，然后是男孩、幼儿、婴儿，体态姿势保持不变，脸上挂着同样的微笑，每个阶段都是结实又健康的模样。

B女士轻声对G说："不，顺序反了，如果您不介意的话，稍微放慢一点。"

S手中的画面反向播放了一遍，然后定格到起初那位体格健壮的男子身上，最后，男子热情地向S挥手致意，然后双手交叠放在脑后。

"瞧，"B女士说，"这样看上去更清楚了。这是同一个个体在一个月、一岁、六岁、十四岁、十八岁和三十岁时的状态。"

"很有趣，"S说，"我猜女人们也会有同样的经历，是吗？"

"是的，"B女士回答，"您想看看过程吗？"

"不，不用劳烦了。如果是一样的，那就没必要了。我倒是挺想知道这个阶段之前和之后的情况如何。他们之后还会生长吗？"

"纯粹意义上的生长是没有的，但有很多形式的生长图片无法表现。会有一定的身体退化……"就在B女士说出"身体退化"一词的时候，出了一个小意外，S手中图片里的年轻人变成了一个秃头中年男人，然后是一个肥胖的、面色苍白的老头，最后是一个垂暮老者。

B女士迅速把照片放回手提箱里，有点局促地说："但退化的同时也会获得更多的生命体验，更审慎地看待生命，从而获得心灵上的宁静。不过最有趣的部分还是前面这个阶段。”

她转向G问道：“我们有出生过程的资料吗？”

“不，女士，您是知道的，我们不能展示交配和生命诞生的过程。”他扭头接着对S说，“并不是说有什么不合法的地方，但这是一个特殊的过程，一种性质独特的科技，对于您这样从未体验过的人而言，其新奇程度可能会引发您的某种不安，即使仅仅是在潜意识层面。很抱歉，但这是我们的规定。”

“但我们可以给他看一些夫妻的样本，对吗？”B女士热情地说。

“当然，”G继续说，“您一定会很感兴趣的。如您所知，雄性和雌性，也就是我们说的男人和女人，他们是互补的，不仅仅是形态上的互补。因此，要想获得心灵的安宁，两个人或夫妇相伴生活是基本前提。不说其他的，您看看这些资料就能明白我的意思了。看看这对夫妇，还有小船上的这一对儿……以及这两个，背景中玫瑰色的山棱是多洛米蒂山，一个迷人的地方，我去年在那里度的假，但一个人去就很乏味。这是一对刚果情侣……很般配对吧？这是一对老夫妻……”

B女士用热情而略带沙哑的嗓音插话说：“请您相信，我们对这些事情很有经验，我们可以向您保证，地球上真正的大冒险就在于此，找到一个异性伴侣共同生活，至少几年吧，但如果可能的话，最好是一辈子。知道吗，如果您碰巧生为女人，一定要在合适的时机孕育生命，而且哺育孩子（您看这张图），会形成一种情感纽带，如此甜蜜而深刻，如此……怎么说呢？如此直击内心。没有尝试过就很难体会。”

“那……您经历过吗？”S 问，他的确感到有点惶然。

“那是自然了。我们只有出示了完整的地球履历之后才有资格获得执照。”

G 先生接着说道：“当然，生为男人也有好处。事实上，利弊在某种程度上是相互抵消的，以至于综合以往的数据看，两种性别之间的选择始终保持着一种独特的平衡。您看到这张表格和这个横坐标为 T 的曲线图了吗？不考虑小数位的话，数据是五十对五十。”

G 从口袋里掏出一包香烟，礼貌性地给其他人让了一圈，然后身体后仰靠在椅背上说：“我们休息一下怎么样？”

但他似乎被某种难以抵抗的冲动驱逐着，因为他非但没有休息，反而在手提箱里翻来翻去，很快拿出一些东西摆在 S 面前。

“这不在服务范围内，完全是我个人一时起意。这些都是我经常随身携带的收藏品。在我看来，这些东西很有说明性，它们可以帮助您对将要经历的事情建立一点概念。例如，这是一支圆珠笔，只要五十里拉，您可以轻松地写十万个字，还不会搞得到处都是墨渍。这是一双化纤袜子，您看，多么轻便结实！穿好几年都不会破，而且还特别好清洗。这个……哦，这个不是人造物品，是一个头盖骨，您看它这么薄却很结实！我不随身带其他的解剖标本，因为很容易腐烂，但看看这个，这是一个瓣膜模型，是的，一个心脏瓣膜。精巧极了不是吗？而且，给人一种安定感。这是洗衣粉，洗衣服又快又好。"

"对不起，原谅我打断一下，" S 说，"您能让我再看一下最后那几张图片吗？那对刚果情侣和其他夫妻的那些……他们的肤色不是同一种颜色对吗？我以为人类都是一样的。"

到目前为止一直保持沉默的 R 先生开口说道："从本质上讲他们是相同的，差异没有任何生物学意义，几乎可以忽略。我们这里没有不同人种夫妻的样本，但混合种族夫妻数量不少，他们和其他夫妻一样繁育后代，甚至繁育能力更强。那只是一个……表皮颜色的问题，确切地说，是色素沉着的问题。黑色皮肤能更好地保护生命组织免受太阳紫外线的影响，因此更适合生活在热带地区的人类。很多地方还有黄色皮肤的人类。"

"啊，我明白了。所以他们是不同的种群，他们是可以搭配的，对吗？就像两个螺母都适用于同一个螺栓？"

R 先生和 B 女士犹豫地望向 G。G 不像之前那么兴致高昂了，他说："我们并不喜欢美化所有事物，这也不是我们的任务。不是每件事都完美无缺，总有些问题过去有，现在仍然存在。这不算很严重的问题，在大多数情况下，每个种群都过着自己的生活，或者白人和黑人混居在一起，现在也不是问题了。但冲突总是有的，有时也会大打出手。总之，在地球上并不是所有的事情都是计划好的，总存在些自由的空间（也因此而不可预测）。任何布料都会有抽丝的地方，我们不能否认这点。综合考虑，我想说，目前生成白人也许更好一点，但这是一个过渡性的问题，我想再过一两个世纪，这个问题就不值一提了。”

“但您知道，现在就是我该出生的时候，对吧？”

G 正要开口，R 插嘴说：“当然。如果您愿意的话，明天就可以，只是些手续问题而已。我们不喜欢繁文缛节，手续非常快捷。”

“不，我想考虑一下。我不太确定。我无法理解人生下来就不一样这件事，这只会带来麻烦。”

R 用笃定的口吻回答说：“我明白您的意思。但首先黑人很少，因此生为黑人的概率也很小；此外，并不是每个黑人都出生在有冲突的地区，因此他们是少数中的少数。总之，没有任何游戏是完全没有风险的，而您这种情况下风险微乎其微。”

看来 S 对这个问题非常敏感，或者是以前受到过其他人的影响。他礼貌但果决地表示希望看到更多的东西，一些典型现象的图片。

“没问题，”G 回答说，“我们这里好的和不好的都有。如果资料不完整那就是我们太缺乏诚意了，不是吗？这里，您看这里：这是和平示威……这是一个多种族实验学校……这是一艘货船的船员们，看到了吗？他们一起工作……”G说话的时候，S小心翼翼地靠近手提箱，出乎三名官员的预料，他突然拿起一张黑人和警察之间发生冲突的照片，在图片最显眼的位置，一个警察手中举着一把枪。

S问：“那这个呢？这代表什么？”

G愣了一下，回答说：“您看，您这样做可不太好。我们只是在工作，您应该让我们按自己的方式工作。我们对能否完成既定目标也是很在意的，您必须理解我们。箱子里也有些机密的东西，是有其他用途的文件。所以请原谅我，但得由我们来选择可以展示的资料……好吧，既然您已经看到了，是的，这是一场街头冲突，有时会发生，我告诉过您了，我们不是来播种幻想的。冲突发生的原因很多，领土、阶层或纯粹因为暴力，所有动物世界都是如此，但这些现象已越来越少了……”突然，S手中的图片换成了另一个画面，画面中的台子上有一个绞刑架，还有一个戴着头罩的男人和一个被绞死的黑人。

“这种事情已经有一段时间没发生过了，但它确实存在过。”

S仔细观察着图片，他指着其中一个细节问：“这是什么？”

“这是一把枪，对，一把枪，”G不耐烦地回答，“看，枪会开火，您现在满意了吗？”画面在S的手中动了起来，警察开了枪，黑人摇晃着跑出了画面，然后画面再次停止。

“这是怎么了？” S 焦急地问。

“您说谁？”

“刚才在这里的那个，被击中的那个，那个黑人。”

“天哪！我怎么会知道？我又不能把所有事记得一清二楚。而且，您也看到了，他跑出了画面。”

“但是……他死了吗？”

G 尴尬地皱着眉头把图片从 S 手中拿了回来，放进手提箱，没有回答。

R 急忙替 G 回答道：“您不必因为个别现象而感到不安，而且，您对此事的认知并不是一个正常的方式。您所看到的事件带有边缘特性，不是每天都会发生，否则人们也不会感到新奇。您将会认识到，在做出判断时，最好先关注普遍的、典型的情况。请稍等一下。”

他在手提箱里翻出三张图片给 S 看。第一张图片中，黄昏晴朗的天空下，一群年轻的农民哼唱着歌谣走在归家的乡间小径上。第二张图片是一队滑雪的人在月光的映照下顺着一个陡峭的雪坡滑行，每个人手中都举着一个火把。第三张图片是一个图书馆的阅览大厅，几个年轻人在那里全神贯注地学习。

S 的目光停驻在第三张图片上。“等一下。让我再看一会儿。这张很有趣，几乎和我们这里一样。他们正在学习，是吗？”

“是的，看起来是的。”G回答。

“他们在学什么？”

“我不知道，但能看得到。等一下。”

这几个学生一个接一个地被选定在画面中央，然后放大，这样就能分辨出他们面前的书本了。

虽然知道没什么用，G依然解释道：“例如，这个是学建筑的。这个女孩正在准备理论物理考试。这个……等等，让我们再放大一点，这样看不太清……您知道，没有插图就更难辨别了。哦，他在读哲学书，实际上，是哲学史。”

“啊。之后呢，他的生活会是怎样的？”

“什么之后？”

“在他完成学业之后。还是他一生都在学习？”

“我也不知道。我告诉过您了，能记住我们都有哪些图片已经很不容易了，您怎么能指望我们张口就能告诉您这个为什么，那个为什么，之前怎样，之后怎样，以及我们明细表上所有产品的前因后果呢？”

S的个性正逐渐显现：一个有教养但很固执的年轻人。

他彬彬有礼地坚持说：“为什么不让他动起来呢？就像您之前操作的一样。”

“如果您非要坚持，我们可以试试。”G回答说。

在画面中，图像幻化成一堆斑点和彩色条纹，这些斑点和彩色条纹很快就凝结成一个新的人物：这位曾经的学生坐在邮局的柜台后面。“这是一年后，”又一次画面重组，G说，

“两年后。”这是从不同的角度看到的同一画面。十年后，这位学生戴上了眼镜，但场景并没有本质的改变。三十年后，仍然是在邮局，这位学生已两鬓斑白。

“可以看出这是一个没什么抱负的人，”G评论道，“但是，我很友好地告诉您，您有点疑心过重了。如果每个人都像您这样可就麻烦了。”他半开玩笑地说，因为语气中更多的是钦佩，而非抱怨。

“您得理解我，”S说，“这是我的选择，我必须把事情搞清楚。所以，如果您不介意的话，我想看看……这个人后来的境遇。”他拿起图书馆那张图片，指着另一个读者。

“让我们看看，”G说，“瞧，这是两年后的他。”

读者坐在一张舒适的沙发椅中，在一盏灯下读书。“这是四年后……不，对不起，是五年后。”

这位读者外貌没什么变化，他正在用餐，对面是一个年轻女子，在两人中间，一个小男孩拿着一把小勺坐在儿童餐椅上。“很棒的家庭，对吧？”G欣慰地评论道。“这是七年后。”他接着说。

此时图片情节的发展仿佛脱离了G的控制，画面出现了几个快进场景：

读者身着军装和哭泣的妻子告别。

读者正在登上一架军用飞机。

一个降落伞从飞机上落下。

读者正在着陆，他的机关枪口朝向大地。

读者降落在一片漆黑的平原上，他潜伏在一块巨石后面。

读者被击中，一摊黑色的血渍在他脚下洇开。

一座坟冢上简陋的木十字架。

“这……是战争，是吗？”S沉默片刻后问道。G默不作声，面露难色。

R回答说：“是的，我们知道，这是一个复杂的话题，但我想建议您不要盲目相信一些陈词滥调。第一，请记住一点，并没有证据显示战争在人类中根深蒂固，或被写入所有国家、所有时代和所有个体的命运之中。就在这个时期，我们正在实践一项非常周密的和平计划，其基础是让恐惧和武力相互制衡：二十五年来，效果总体而言相当令人满意，只出现了五六次小规模战争。好几个世纪以来从未有过这样的情形。您刚才看到的画面现在可能只有……呃，历史回顾价值了，第二个黄金时代可能已经悄然开始了。第二，我要跟您说，战争并不总是坏事，或者说不是对每个人都是坏事。我们听说一些客户在上次冲突中全身而退，不仅身体健康，毫发无损，而且还从中赚得盆满钵满。”

这时G清了清嗓子，意在打断这一话题，但R没注意到，继续说：“另一些人变成名流，备受尊敬，还有很多其他受益的人。事实上，大部分人甚至没有感觉到发生了战争。”

“总之，”G插话说，“我认为没有必要过度戏剧化。试想一下，三十亿人口中死去五千万意味着什么？生活，您要明白，生活是独特的织物，有正反两面，有光明的日子，也有黑暗的日子，是失败与胜利的交织，它自我赎买，是一种无法定价的商品。我知道这里的人倾向于把所有问题都放在宇宙观的尺度上思考，但是一旦到了地球，你们将成为个体，将只有一个脑袋，而且每个脑袋都各有不同，你们将只有一副皮囊，你会发现皮囊内外有很大差异。请注意，我没有任何论据来证明出生和不出生哪一个是更好的选择，但根据我的亲身体验，有一件事我可以告诉您：人们一旦品尝到了生命之果便再也无法放弃它。出生的人，所有出生的人，除了个别例外，都以一种连我们这些宣传者都惊叹的坚忍态度顽强地活着，这便是对生命本身最好的赞美。只要躯壳还在呼吸，他们就绝不放弃。这本身就精彩绝伦。您看。”

他给S看了一个受伤矿工的照片，矿工正在一条坍塌的隧道里用鹤嘴锄开凿出路。

“这个人孤独、饥饿，身负重伤，他与世界隔绝，身处黑暗之中。对他来说死去会很容易，无非是从黑暗走向另一个黑暗。他甚至不知道在哪个方向可以找到生路，但他漫无目的地挖了十二天，终于重见光明。这里，您看到的另一个人是一个著名的案例，他的故事我们都知道，但无论男女老少，只要拥有他同样的技能，有谁会做出不同的选择呢？他叫鲁滨孙，孤独地生活了二十八年，却从未失去活着的希望和快乐。后来他获救了，作为一名水手，他又开始远航。下面是一个不那么戏剧性的案例，要更为普遍。”

那张图片被分成四个方格，每个方格对应一个场景。一个男人在一间布满灰尘、光线黯淡的办公室里处理着一摞一模一样的表格；男人坐在桌前，报纸竖着靠在水瓶上，他的妻子背对着他在打电话；男人站在家门口，准备去上班，他的儿子骑着摩托车，后座上载着一个性感的女孩；男人晚上独自一人坐在电视机前，百无聊赖。与其他图片不同，这些画面是静态的，没有一丝生气。

“您看到的这个男人，”G 继续说，“这样的日子已经过了四十年了：他的日常工作无聊至极，他的妻子瞧不起他，很可能爱着另一个男人，他的孩子们已经长大，对他视而不见。然而，他依然坚持着，而且会像一块岩石一样永远坚持下去，他每天都在等待新的一天，每天都会听到一个声音向他许诺明天会有美好的、重大的、不一样的事情发生。您拿着看吧，”他扭头对 R 说，“一会儿请把图片收起来。”

S 很困惑：“但是，您必须承认，一个先天不足的人，或者生在一个父母自己都吃不饱肚子的家庭……”

R 打断了他，用说教的口吻说：“如果您指的是饥饿问题，我想您可能把问题夸大了。的确，人类中有很大一部分知道饥饿的滋味，但说他们会饿死却不是真的。您知道，人活着就得吃东西，要吃东西就得对食物有欲望，那么，饥饿又何尝不是对食物的欲望？不能说吃饱一定是件好事，数据证明，被允许随意进食的老鼠比控制饮食的老鼠寿命短。”

R 说话的时候，G 站了起来，在狭小的房间里踱来踱去。

突然，他停下来对同事们说：“两位能回避一下吗？我想和这位先生单独谈谈，两分钟就好。”然后他转向S，用一种私密的态度压低声音继续说：“我想您已经觉察到了，有人在某个地方出了岔子，地球计划有一个断层，一个形式缺陷。四十多年来，他们似乎一直在假装没有发现这一点，但现在问题迫在眉睫，我们不能再等了，必须尽快补救，我们十分需要像您这样的人。您很惊讶对吗？一开始我没有告诉您，因为我还不了解您，我想做一些测试，但现在我可以告诉您：您和其他我们拜访的人不一样，我们不是随便找上您的。您是天选之人。”

“我？”

“是的。我们迫切需要认真、有才干、诚实勇敢的人，这就是为什么我们如此坚持。我们注重的是品质而不是数量。”

“那我是不是可以理解为……我的出生将不是偶然的，我的命运将是注定的，就像一本写好的书？”

“也不能说每一页、每个细节都毫无悬念。您知道，我们相信自由意志，或者至少我们有义务表现得相信自由意志，因此，我们有意让每个人都在很大程度上受到偶然事件或其行为的影响；但我们可以给您提供很好的机会，给您很好的初始特权，这个，您想看看吗？……这就是您，看到了吗？我们会给您一个矫健强壮的身体，让您有一个迷人的外表。在这些宁静的地方，借助新奇的方法，您或将开创明天的世界，或将参透昨天的世界。这还是您，在这里，您矫正错误，匡扶正义。还有这里，您解除他人的痛苦，让生命更安全，更长久，更容易承受。您这样的人，才是真正的主宰者，而不是政府首脑，或军队里发号施令的人。”

“现在就我们两个，我可以，事实上，我必须向您展示剩下的机密材料，就是您一再试图从我手中夺去的图片。”

那些图片无须加以说明，也不必变成动态，一切不言自明。一门多管火箭炮在黑暗中发射，火舌照亮了家园和工厂的废墟；烟雾和铁丝网勾勒的阴郁背景中一堆堆枯骨堆叠在焚尸炉下；热带风暴中的一个茅草棚里，光秃秃的地上，一个孩子正在死去；化为一片沼泽的荒芜农田，收成尽毁；一座座看不见绿叶的森林；被泥石流席卷掩埋的村庄和山谷。

相似的图片还有很多，但 G 把它们推到一边，继续说：“您看到了吗？还有很多事情需要矫正，但这些苦难都不会落在您头上。您不必作为承受者去经历这些苦难。您和许多与您一样的人，将被召唤去与各种形式的苦难斗争。除了您的人类身份，您还将获得所需要的武器，强大而微妙的武器：理智、善心、耐心和勇气。您不会像其他人一样出生，您的生活将一片坦途，这样您的美德就不会被浪费。您将是我们的一员，去完成数十亿年前火球爆炸①、时间的钟摆启动时就开始的使命。当您卸下人类的皮囊，您不会死，您会和我们一样成为灵魂猎手。当然，前提是您能看得上这笔微薄的佣

① 指大爆炸，宇宙诞生。

金，外加一笔报销款。”

“好了，我说完了。祝您好运，请做出选择。您想一想，给我一个答复。”说着，G 把最后几张图片放回手提箱，关上了箱子。

S 沉默良久，以至于 G 几乎要开口讨一个答案。终于，S 说道：“我不想带着特权开始这段旅程，否则我会觉得自己成了唯利是图的人，在每一个没有特权的伙伴面前抬不起头。我接受你们的提议，但我想和其他数十亿人一样随机出生。或命运不定，或陷于战乱，或在摇篮中就注定此生会低人一等——如果他们还能有一个摇篮的话。我愿意生为黑人、印度人、穷人，不被骄纵，不被豁免。您明白我的意思吗？您自己也说过，每个人都是自己的缔造者，那就做一个彻头彻尾的缔造者吧，从根源上塑造自己。如果我能做到，我愿独自磨炼自我，包括体尝必须的愤怒；如果失败，我也接受普罗大众命运的安排。无助与迷茫的人类之旅将是我要走的道路。”

红色指示灯

这是一份安静的工作：每天在一个黑屋子里待够八小时，屋子里一些红色指示灯不时亮起。这些指示灯意味着什么他并不清楚，这不是他该操心的事。每亮一次灯，他便要按下一些按钮，但他并不了解这些按钮的含义。不过，这个任务也不是一个简单的机械操作，他必须依据一些非常复杂的规则，迅速选择相关按钮。这些规则每天都会根据指示灯亮起的顺序和频率变化。总之，这不是一份愚蠢的工作，干得好坏是有区分的，有时甚至是一份有趣的工作，能让人对自己的反应力、创造力、逻辑判断力沾沾自喜。然而，他对自己行为可能导致的最终结果没有确切概念。他只知道，这样的黑屋子有上百间，所有决策数据都会汇总到某个处理中心。他还知道，他的工作会受到某种评估，但不清楚是单独进行还是和其他人一起评估：每次下班铃响时，门梁上的一些指示灯便会亮起，亮灯的数量代表了评估结果。大部分情况下会亮七或八盏灯，只有一回是十盏，但也从未低于五盏，因此，他觉得自己的工作能力还不错。

下班铃声响起，这次是七盏灯。他从黑屋子里出来，在走廊停留了一分钟，让眼睛适应光亮，然后走到街上，上车，启动发动机。道路已经十分拥堵，车子很难汇入车流。踩刹车，踩离合，挂一挡。踩油门，踩离合，挂二挡，踩油门，踩刹车，挂一挡，再刹车，红灯亮了。四十秒的红灯仿佛持续了四十年，天知道为什么，时间永远不会比你坐在红绿灯前时显得更漫长。除了想尽快回家以外，他没有任何其他奢望。

十个路口，二十个路口。每过一个路口，等候的车队就越长，等待三次红灯，等待五次红灯，之后稍微好些，对向车道交通更顺畅些。从后视镜打量后车司机焦急又气恼，巴不得你赶快消失的样子。左转向灯，你左转时总会有些歉疚感。小心翼翼地左转，终于到家了，恰好还有个车位，踩离合，踩刹车，熄火，拉手刹，开防盗系统，这一天终于结束了。电梯的红色指示灯亮着，等待轿厢抵达乘客楼层。灯灭了，他按下按钮，指示灯再次亮起，等待轿厢下降。一半空闲时间都用来等待，这还能算作空闲时间吗？四楼、三楼、二楼的指示灯依次亮起，电梯到了，门打开。红色指示灯再次亮起，二楼、三楼、十楼，到家了。他按下门铃，在这里不用等待，很快，他听到玛利亚平静的声音“来了”，然后是她的脚步声，门开了。

看到玛利亚锁骨间的红色指示灯亮着，他并不意外：已经亮了六天了，而且这凄冷的灯还会再亮上几天。路易吉很希望玛利亚能把指示灯隐藏起来，或者用某种方式遮挡，她嘴上答应但时常忘记，尤其是在家里。她有时并没认真遮挡，指示灯在丝巾下面闪烁，或者在夜半时分，透过被单发出令人沮丧的光亮。或许，在她内心深处，甚至连她自己都没意识到，她是担心有人巡查。

他尽量不去看那指示灯，试着无视其存在。毕竟，他对玛利亚还有很多其他期待。他跟她聊了工作和一天的经历，也问了她一个人都做了些什么，但对话并不是很活跃，像受潮木柴的炭火一般，跳跃了片刻便无声无息了。那指示灯却相反，坚定地亮着，那是最严格的禁令，在他们家以及所有人的家里，微小却像城墙一样无法撼动，横亘于处在易受孕期，并且已经育有两个孩子的夫妻之间。路易吉沉默了半晌，说道："我……我去拿螺丝刀。"

"不，"玛利亚说，"你知道行不通的，总会留下痕迹。何况……如果再怀孕可怎么办？我们已经有两个孩子了，你知道得交多少税吗？"

他们再一次不可避免地落入了同一个话题。玛利亚说："你知道曼库索夫人吗？记得她吗？就是那个住在八楼，非常优雅的女人。总之，她申请更换了最新款的 IBM520 型号，她说使用感受完全不同。"

"但价格太离谱了，而且周期计算并没有什么不同。"

"不过基本上感觉不到佩戴了装置，而且电池可以用一年。她还说，议会的一个下属委员会正在研究是否给男人佩戴指示灯。"

“简直太滑稽了！男人们的指示灯会一直亮着的。”

“不，不是那么简单。还是女人主导，女人自己也佩戴指示灯，但阻断装置男人同样应该佩戴。妻子通过一个发射器发出信号，丈夫接收，然后在红灯期，信号就会被阻断。这样我觉得是正确的，更合乎情理。”

路易吉突然很疲倦。他吻了玛利亚，留她一个人看电视，自己则上床睡觉。很快他便睡着了，第二天一早，在静音闹钟的指示灯亮起之前他就醒了。幽暗的房间里，他起身后发现玛利亚的指示灯熄灭了：但已经有点晚了，他不想弄醒她。热水器、电动剃须刀、烤面包机、安全锁，他巡视了一遍家里所有的指示灯后出门来到路边，上车，看着发动机和手刹的指示灯纷纷亮起。他打了左转向灯，这意味着新的一天开始了。上班路上，他计算了一下，平均每天会遇见两百个红色指示灯，一年就是七万个，一生按五十年活跃寿命计算的话，就是三百五十万个。他感到自己的头盖骨变硬，仿佛被一个厚实的茧所包裹，就像一个扁平粗钝的犀牛角，足以抵御与墙壁的撞击。

唯尔蜜

我以前从未见识过伦敦老城区的公寓。我在意大利见过保罗·莫里斯几次，最近一次是在一个生物化学研讨会上，还有就是好几年前在马焦雷湖的一家豪华旅馆里，当时他还没有结婚。在我的想象中，他的宅邸富丽堂皇，极有品位。事实上也的确如此：上等的亚当风格和赫普尔怀特风格古典家具，精心挑选的挂画，许多地毯、帘帏和挂毯，屋内光线柔和宁静。主色调是灰绿色、象牙色和薰衣草色。双层玻璃阻隔了圣詹姆斯广场的喧嚣和浑浊的空气。

保罗此时年近五十，看上去瘦削了许多，鬓发斑白。他给我引见了维吉尼亚，他的妻子，一个匈牙利女人，不算漂亮，但很有涵养，非常雅致，比保罗至少年轻二十五岁。维吉尼亚会说多种语言，包括意大利语，任何一个话题她都能侃侃而谈。当我注意到她身后的一方帷幔无声移动时，她正在给我讲她一个远亲的逸事，这位远亲应该是联合国教科文组织的某位专家，游走于世界各地。我得说，寂静，是莫里斯家里的主元素：不仅屋外的声音无法穿透，屋内的声响也销匿于无形，甚至给人感觉无论说话或者其他方式都无法制造出声响：人会不由自主轻声言语，好似身在教堂或殡仪馆一样。那帷幔的一角被掀起又无声地缓缓落下，后面走出一只优雅的动物，第一眼看过去我以为那是一条猎犬，但当它走近维吉尼亚时，我从它的步态上发觉，那并不是一条狗。犬类很少会如此沉着地走路，它们太过活泼好奇，会左顾右盼，会摇尾，会奔跑，会扭动臀部。此外，它们走路时很难不发出指甲刮蹭地板的声音，也很少会忽视一个陌生人的到访。然而，那个长着一身黑色闪亮皮毛的生物，拥有猫科动物的行走姿态，优雅、安静。奇怪的是，它的目光注视着保罗，脸朝着他的方向，然而却悄然走向维吉尼亚。尽管体型庞大（体重至少有八公斤），它还是轻盈地跃上维吉尼亚的膝头，卧了下来。此刻，它似乎才察觉我的存在，不时向我投来警惕的目光。它有一双湛蓝的眼睛和一对纤长的睫毛，两只灵敏的尖耳朵几乎透着光，顶端长着两撮奇特的浅色毛发，淡粉色的长尾巴光秃秃的。我发现维吉尼亚没有动，既没有接纳它，也没有拒绝它。

“你从未见过它们?”保罗问，他显然注意到了我的好奇。

“没见过，”我回答说，“只是好几年前在电视上见过一次。”我立刻想到了这是一只唯尔蜜：恰巧那几个月凯斯·罗田爵士的丑闻在报纸上引发了一波有关这一动物的热议，甚至议会也专门就该动物的进口发起了质询，而彼时也只不过进口了几十对而已。

“它叫洛尔，”保罗说，“我们非常爱它，你知道的，我们没有孩子。”

“是只雌的？”我问，同时，我注意到维吉尼亚迅速瞪了丈夫一眼。

“是的，”保罗回答说，“它们与人更加亲近。这只非常粘人、怕生、温顺。可惜已经快九岁了，相当于人类的七十岁。”

“你不给它配对吗？”

“不是那么容易，”莫里斯说这话时透出一丝尴尬，“全英国都找不到一只黑色的雄性唯尔蜜，我打听过了，最近的在蒙特卡洛，而它对于那只而言太老了，可怜的洛尔。它肯定会被拒绝的。”

“那它的奶水从何而来呢？”

“它们并不一定要生育才会有奶，你不知道吗？这是哺乳动物中的一个特例：只要营养充足，定期挤奶就可以。当然，产奶量很少。”

“幸好如此。”维吉尼亚冷不防说道。唯尔蜜的奶曾经引发了非常激烈的讨论，但那时没人有确切的概念。保罗解释说，所有关于唯尔蜜奶有致幻作用之说都是无稽之谈，它甚至连催情剂都算不上，那样想的人从未自己尝过，只是道听途说罢了。同样，长期摄入会引发中毒、记忆衰退以及身体早衰都是胡说八道。

“真相只有一个，”他说，“而且非常简单。所有哺乳动物的乳汁中都含有极少量的N–苯基丙酮氨酸，正是这种物质使新生儿和母亲或哺喂他们的女性产生情感上的联系。对于大多数动物而言，这种物质的浓度较低，产后几个月便消失殆尽。人类相对较高，因此婴儿与母亲的情感联结会持续多年。唯尔蜜奶中这一物质的含量则非常高，是人类乳汁的二十倍。因此，不仅幼崽与它们的母亲通过一种近乎病态的纽带联系在了一起，任凭谁喝了这种奶都会受到影响，并就此改变生活。”

听保罗说到这儿，不知是出于对英国习俗的尊重，还是因为发觉话题发生了微妙的转折，维吉尼亚起身和我告别，她亲吻保罗后便离开了。片刻后，洛尔仿佛从梦中惊醒般抬起头，它盯着莫里斯看了许久，然后从椅子上跳下来，走到他身边，用脑袋亲热地在莫里斯大腿上蹭来蹭去。我第一回如此仔细地打量这种动物面部的神情变化：与人类的表情相去甚远，但它的每一个神情却都能被诠释为某种人类表情，嘲讽、无聊、警惕、深情、喜悦、敌对，无论哪种表情都带有一点慵懒、紧张和狐狸般的狡黠。

“你……已经尝试过了吗？”我不由自主压低了声音问道。他没有直接回答。

“这是一种不可思议的动物，”他喃喃道，“你看，它们懂得回应，或者说它们表现得懂得回应。总之，不要尝试，不要受到引诱，那绝对是一个要付出高昂代价的错误。”

“我没有受到诱惑，真的，一点都没有。可你为什么会尝试呢?”

“为什么……不，没有为什么。出于对新鲜事物的渴望，出于好奇，出于无聊，出于……好吧，那时我正因为某件事和维吉尼亚闹得不愉快，实际上她当时是对的，但我不想认同她的意见，还想惹恼她。或许只是为了让她嫉妒。总之，我尝试过已是既定事实，发生过的就无法改变了。两年前，我完全变了一个人。”

“效力如此之大?一次就会这样吗?”

“不，但是它会控制你。只喝一次你就会受控于它，你会变得紧张、阴郁、燥热，而且你明白只有那个动物和它的奶才能让你平静下来。只有它才能抚平你的欲望。而它，它们，如此邪恶和败坏，非常擅于拖人下水。它们懂的东西不多，唯独精通这个伎俩，很会引诱人类。它们从你的眼中读出了欲望或者其他东西，在你身边流连，撩拨你，毒药就在那里，日日夜夜，在你家里免费供应。你只消伸出手，张开嘴。动手挤奶，喝掉，一个闭环便形成了，你的余生也就此被牢牢困住，而你所剩的时间也不会太多了。”

洛尔走近窗帘，顺着帘子爬到墙角巨大座钟的高度。我发现它的四只爪子像四只粗糙的小手，拇指可以抓握，爪子背面是棕色，爪心则是粉色。它从窗帘跃到座钟上，蹲在那儿全神贯注地听表针缓慢的嘀嗒声。

“它们对钟表很痴迷，”保罗说，“不知道为什么。之前的那只也是……”

“这不是你的第一只？”

“对，第一只不是在这里见到的，那时我们在贝鲁特旅行。旅馆里有个人，我不认识他，我俩当时都醉醺醺的。那人带了一只唯尔蜜，非常漂亮，金色的皮毛，那是我第一次见到这种动物。正如我告诉你的，我刚刚和维吉尼亚吵了一架，那个人奸笑着仿佛洞悉一切，他请我喝奶，而我接受了。我不知道我都做了什么，但第二天一早，我意识到不对劲。我在城里的大街小巷追逐那人，找到他后，我开出天价想买下那动物，他却讥笑我，我们大打出手，你真应该看看那个动物，它蹲坐在那里，拂动着尾巴，微笑着，是的，它们用有别于人类的、自己特有的方式微笑，是一种让人浑身血液沸腾的微笑。

“我出的拳要比挨的拳多，却感到强烈的挫败和煎熬。我会梦见那只唯尔蜜，每夜都会。必须说，并不是对女人的那种着迷。是一种沉重、残酷和愚蠢的欲望，没有希望，因为一个女人你可以与之对话，至少在你心里：即使她远离你，不属于你，或者不再属于你，至少你期望和她说话，你对爱情抱有期望，期待得到回应。这也许是虚无的期望，但不是毫无意义的，它有一种可以想象得出的满足感。然而，这种欲望并非如此，它诅咒你，因为这个欲望永远无法填满，你甚至无法通过幻想得到满足，只是无穷无尽的欲望。唯尔蜜的奶很香甜，但你会囫囵咽下，之后才恢复常态。它们本身的存在，触摸它们，抚摸它们，统统没有意义，只是加剧了欲望，仅此而已。

“维吉尼亚不了解具体细节，但她明白有些不对劲，于是她回到伦敦，而我则留在那儿纠缠那个人，想让他把动物卖给我，那人不愿意，或者说他不能，因为他和我一样被奴役着。但我一有机会靠近就试图说服他，我卑微得像条虫子，我甚至愿意为他擦鞋。一天，那人走了，没有留下地址。于是，我就想，如果不能拥有那只，那再找一只总好过没有。于是我去市场找到了一只。一个面容憔悴、表情僵硬的年轻人用绳子拴着它，在一个昏暗的死胡同里让它跳舞。它很瘦，皮毛斑秃，但它的乳房奶水充盈，而且年轻，价格还很便宜。我要求试一下奶水，于是我们躲到一个楼梯下面，卖家给我挤了一些奶，递给我。我觉得奶水立刻起效了，因为那动物的眼睛瞬间变得美丽而深邃，而在此之前我并没有注意到这点。于是我买下它并把它带了回来。它真是一个恶魔：它忍受不了回廊，因为它以前住在屋顶，不是这种房屋。也没办法亲近它，把它关起来的话，它就会发疯，乱咬乱抓，藏在家具下面不出来。几周后更糟了，因为它学会了拒绝产奶。我试着用暴力制服它，但毫无用处，我鞭打它，它从此消失不见了。”

保罗打了个响指，洛尔抬起头，从座钟跳到沙发上，再跳到地上，然后蹲在他脚边，发出一声满足的吱吱声。

“这其实是第三只了。我在伦敦 Soho 的一次公开拍卖中以四百英镑的价格买下了它，价格还不错，对吧？它之前的主人是个牙买加人，因它而死，这点我是后来才知道的。我刚才说过，它老了，如果你不惹它，它就很安静。但是，如果你想让它做有违它意愿的事情，它虽不会像之前那只一样拒绝产奶，但奶水会干涸，那你就束手无策了。现在，我确信它是故意为之的，胁迫我，占有我。它得偿所愿了，毫无疑问。也许它不会懂你的意思，却会表达意愿，哦，是的：吃这些东西而不是那些东西，在这个时候而不是在那个时候，我只能邀请某些朋友而其他人不行……上帝眷顾，看来它喜欢你，希望能一直如此……”

“维吉尼亚怎么看？”

“她是一个聪明的女人，始终拒绝尝试唯尔蜜的奶。她知道我和从前一样爱她，这是另一码事，就像是一个人对酒精或吗啡上瘾。她把我当作一个病人，或者一个孩子。事实上，的确如此，我就是一个在饥饿时会啼哭的哺乳期婴儿。这只已经九岁了，很老了，一想到它会死或乳汁枯竭，我就头晕目眩。”

那只唯尔蜜走近我，粉色的鼻子翕张着，然后开始用后颈摩擦我的小腿，好像是在给自己挠痒。说实话，它看起来一点也不老。就在我想俯身抚摸它时，保罗迅速瞥了我一眼，我停了下来。当洛尔后腿站立，试图爬到我腿上时，我含糊其词地说了两句客套话便匆匆与保罗告别，冲到了街上。外面浓雾清冷，泛着黄光，但我却甘之如饴地将它深深吸入肺底。

出于善意

人随时随地都可以和自己过不去。一翻开报纸，工程师马索埃罗便满心反感：报纸的头版内页再次刊登出一篇充满讽刺味道的评论文章，指责服务质量不尽如人意，电话转接总是占线，通话信号干扰很大。事实的确如此，他很清楚，也无须辩驳，但看在上帝的分上，他又能做些什么呢？作为区域经理，他当然想把事情做好，但如果没有经费，或者即便有却拨给其他部门，而且总部不仅不帮忙，还有各种文辞冗长、流于表面、自相矛盾的公文雪片般飞来，你又能怎么办？但总得做点什么吧，于是你带着糟糕的心情来到办公室，把各部门负责人叫来分配任务。新项目开发部、维护部和维修部负责人，他们都是好人，你喋喋不休，但你也清楚，这些人只要两脚一迈出你的办公室，就会耸耸肩，然后一切如常，而你也和之前一样感觉一团糟。

马索埃罗给部里写了一份措辞激烈的报告：这已经不是第一次了，但钉子一榔头砸不进墙。谁知道呢？努力一下兴许他们会听听他的意见。他花一天时间写完了报告，修订时去掉了一些过于尖刻的字眼，然后把稿子交给了打字员。

第二天，他办公桌上摆着投诉部的备忘录，而且不是一份，是两份。毫无疑问，一定是隔壁办公室罗斯塔尼奥写的。这是他的风格，精确、详细、不怀好意。然而这一次，不同于平日里用户的牢骚，这次的报告反映了两个新的异常情况，而且细节描述得非常详尽。第一份备忘记录了一个故障，一些用户拿起电话听筒后，里面会连续几个小时播放有线广播的音乐节目，以至于无法拨打电话。第二份备忘反映，大约有五十名用户拨打电话时，接电话的总是同一个人，而且总是那个平时通话最频繁、时间最长的人，比如岳父母、未婚妻、办公室或者儿子的同桌。用户们对此感到十分讶异。第一份投诉的处理流程似乎没什么争议。但第二份投诉马索埃罗读了又读，感觉这里大有文章。罗斯塔尼奥真是个无耻之徒，一直盼着晋升的他选择这种方式来给自己铺路完全不足为奇。此人一定是想用激将法令他鲁莽行事，然后陷入尴尬境地。众所周知，通信网络可不是一个简单的系统，很容易发生故障，刮风、下雨、冰冻都会对系统产生影响，还容易感染一些病毒，虽然很罕见，但大家都会知道，最重要的是听上去真实可信。而投诉报告里提到的这种故障压根就不可能发生。马索埃罗把两份文件收起来便去处理别的事情了。

但就在当天晚上，西尔维娅无意间提起，她一整天都无法给蔬菜店、理发师、莉迪亚以及他的办公室打电话，一拨电话就总是打到她母亲那里，可那天她和母亲并没什么事要说。他明白西尔维娅说这番话并没有刺激他的意思，而且她说那些话时语气轻描淡写，但他仍然禁不住想，以妻子对他的了解，明知他性格古怪，而且很在意自己的工作，或者更确切地说，他并不是真的在意，只是不论在任何情况下被指摘，尤其是在工作方面，都会让他如坐针毡、难以入眠。总之，西尔维娅大可不必让他这么不舒服，他已经有很多麻烦了，不论和电话线路有没有关系。

这样看来，罗斯塔尼奥并不是空穴来风，但这也改变不了他是个失败者且爱抢别人功劳的事实。细想起来，那份备忘录居心叵测，仿佛每行字都暗藏讥讽。不诚实的野心家，只想向上爬，他就是这样一个人。客户投诉部还真适合他，因为他就是一个以给别人挑刺为生的人，他乐此不疲地搜集他人的错误，别人越是急得挠头他就越来劲，别人有麻烦时他反而感到满足和享受。马索埃罗吃了两片安眠药便睡了过去。

又过了二十天，第三份备忘录摆在了他眼前。马索埃罗心想，很显然，写备忘这事让罗斯塔尼奥乐在其中。与其说是份公文，不如称之为一首抒情诗，一曲民谣。这次是有关电话串线的投诉：差不多数以千计的客户反映了这个问题。首先，串线故障数量之多令人咋舌；其次，分析故障原因令人恼火。主要是令马索埃罗恼火，罗斯塔尼奥似乎以此为乐。他不厌其烦地把一张长长的表单分成三栏：第一栏是主叫号码，第二栏是被叫号码，第三栏是串线号码。显然，第一栏和第二栏之间没有什么相关性，但罗斯塔尼奥指出（天哪，他竟然是对的！)，第一列和第三列之间存在某种关联。罗斯塔尼奥没有提出明确的解释，他只是指出了其中的一些规律。读完备忘，马索埃罗气愤不已，紧接着他又为自己动怒而感到羞愧。他不应该，也不允许自己产生如此卑微的羡慕与嫉妒心。如果你身边的人有一个绝妙的发现（碰巧，碰巧罢了——他暗自思忖），你需要承认他的过人之处并表示钦佩，而不应该让愤怒和憎恨发酵。他竭力让自己平静，但可恨的是，一墙之隔的那个家伙，正通过极为巧妙的手段，利用他马索埃罗的错误和漏洞，或者更确切地说是他的霉运，建立自己的好名声。不管怎么说，总之，对你而言是毒药的东西对他来说就成了佳酿，是他向上爬、赶上你并取代你的捷径。他摸了摸自己的座椅，以前从没觉得这张椅子对他来说有多大意义，此时，他突然觉得这椅子俨然是身体的一部分，仿佛和他的皮肤粘连在一起似的。要把它从身上剥下来的话会像剥了他的皮一样痛不欲生。如果那个取而代之坐上这张椅子的人是马克西姆·罗斯塔尼奥，那简直跟给他戴绿帽子没什么两样。他必须诚实地面对自己的真实想法，他确实是这么想的，甚至更糟。他自己也很无奈，但人就是这样，改变不了，也不想改变，只能非黑即白。他已经太老了，老到只能感到羞愧，却无法改变。

总之，不管内心如何翻江倒海，那份备忘就摆在眼前，还得公事公办，你必须把苦酒吞下去，没有退路。罗斯塔尼奥注意到呼出号码和接听号码之间存在着一些相关性：有些颇为明显，有些则较为隐匿。有时两个号码之间，或大或小仅相差一个数字：例如 693177 可能会与 693178 或者 693176 接通。有时候被叫号码是呼叫号码的倍数或倒序排列。还有时候两个号码的数字之和是一百万。在五百一十八个案例中，有十五个号码近似于对应号码的自然对数，有四组号码的数字乘积忽略小数后是十的幂数，只有七个案例无法确定号码之间的相关性。罗斯塔尼奥随后指出，相关性最隐蔽的，以及那七组未查明相关性的号码是按时间顺序排在最后的。

马索埃罗感到自己的地位岌岌可危。表格的批注简洁流畅，显然，罗斯塔尼奥这几天并没有闲着。尽管分析已经十分精妙，但他绝不是那种满足现状的人，实际上，如果仔细读一下文末的总结部分，马索埃罗隐约嗅到了一种挑衅和进攻的味道，也许罗斯塔尼奥已经在研究解决方案了，或者至少找出了问题所在。是时候警醒了。他有两条路可走：一是全力调查真相，及时击败对手；二是把他叫到办公室谈谈，两人彻底摊牌，尽管这有违他的意愿或超出他的认知。在技术方面罗斯塔尼奥的确更强，但他也绝非等闲之辈，二十四年的职业生涯让他练就了一些实用的技能，不是纸上谈兵那种。他想了想，排除了第二种方案。他不是在意这个位子、想要保住它吗？那么好吧，他拥有所有的必要条件：时间、头脑、资历、职级、不容动摇的权威，这些都是他反击行动的基础以及继续坐稳位子的赌注。罗斯塔尼奥的优势在于他是第一个收到每日投诉报告的人，但现在，是时候给他点颜色看看了。来吧，伙计，赤膊上阵，一决胜负：出击吧，明枪抑或暗箭，都放马过来。他口述了一份通告，明确要求所有部门，所有人，将所有报告呈报给他本人。先这样开始，然后伺机而动。

他拔掉了内部电话线，嘱咐秘书没有十万火急的事不要打扰他。他决定凝神思考几天。耳边已经开始回荡起那个没有任何意义的问题，来自上级的问题。下达命令的人和执行命令的人之间隔着一张硕大的写字台。那个问题如此容易提出，却难以回答："你们到底改变了什么？做了什么？为什么两个月之前一切正常？"

发生了什么变化？和平时一样，什么都没变，又什么都变了。更换了一毫米直径电缆供应商，因为那家厂商总是不能按时交货。为了标准化，改变了 T2–22 面板的形状。三个野外架线工调换了岗位，他们进了工厂，挣得多了，还不用吃苦受冻。他们修改了载波频率的公差，但这是您下令改的，总经理先生。是的，尊敬的总经理，有句话说得好，不改变就无法生存，可惜有改变难免就会有失误。请再给我点时间，总经理先生，我们会找到哪里出了问题。突然间，他想到了筹划多年并在三个月前实施的工程：与德国和法国的远程拨号网络并网。此举是为了建立覆盖欧洲范围的统一电信网络。会是这个原因吗？此刻，他首先想到的问题是：其他区域、意大利全境以及欧洲的情况如何？他们的网络都正常吗？

三天后，马索埃罗感觉自己变了一个人，他可能是电信史上唯一一个因为成千上万的电信故障而感到幸福的人。他并没有找到解决方案，目前还没有，但思路更开阔、更清晰了，最重要的是，这是一次对罗斯塔尼奥的漂亮反击。是的，总经理先生，并不是我们的调查进展顺利，而是到处都存在同样的问题，从北角到克里特岛，从里斯本到莫斯科，到处都是同样的故障。尊敬的阁下，在下与此故障无关，如果硬要关联起来，那只是在下所负责的区域比其他区域更早发现和记录这一故障。并网与此事有没有关系我们还不确定，但并网本来就在规划之中，而且已经完工，现在的当务之急是起草一份详细的报告并翻译成相关语言，然后发送给与我们有联系的所有国家。

接下来便是纷繁复杂的相互推诿和辩解。每个国家都极力否认其效率低下，并试图归咎于其他相邻国家。于是各国决定召集一次大会，日期都确定了，却由于新一波的电信故障不得不延期。

突然之间，整个欧洲范围内出现了大批“凭空呼叫”故障：不同国家的两部电话同时响起，两个用户在没有拨打对方号码的情况下建立了通话。个别情况下，尽管语言不通，双方仍会了解到彼此的电话号码相同，当然，区号除外。总部的调查证实了上述问题，从调查还可以看出，当号码不同时，数对之间的相关性便与罗斯塔尼奥在第二份备忘录中指出的某个相关性吻合。出乎意料，马索埃罗和罗斯塔尼奥的名字开始一起被人们提及：前者发现故障是欧洲范围的，后者则分析出了故障的特征。这种“结盟”让马索埃罗感到既不安又满足。

现在，公司内斗似乎对他已经失去了毒性，反倒是当他看到晨报时，一根刺深深扎入肉中，残酷地灼痛了他。那个狂妄之徒竟然接受了采访！马索埃罗把报上的文章读了两三遍，先是感到震惊，然后开始疯狂地寻找文章漏洞、违规操作或者机密公文的泄露。但对手很厉害，采访没有任何可以挑剔的地方。罗斯塔尼奥非常机敏地绕开了繁琐的官僚主义窠臼，用优雅、简洁的方式将观点以假设的形式推出，但这是一个令人兴奋的假设。

他没有详细介绍其数学推导过程，在采访中也是一带而过，他提出的解释很简单：随着电信网络扩展到整个欧洲，其复杂程度超过了当时所有已建成的系统，包括北美的那些系统，“网”在没有过渡的情况下，达到了一定的数字规模，具备了某种神经中枢功能。当然它还无法企及人类大脑，或者至少不是个聪明的大脑，然而它已能够基于微弱的意志做一些基础的选择。罗斯塔尼奥并没有止步于此。他提出了这样一个问题（事实上，是在自我追问）：“网”的选择是什么？它的意志是什么？他还提出了一种假设，即“网”本身是由一种本质向善的意志所驱动，也就是说，在量变到质变的飞跃过程中，或者（在本案例中）电缆和开关的杂乱纠缠衍生出了机体和意识，“网”保留且仅保留了最初建造它时人们赋予它的所有使命。就像高等动物在获得新能力的同时，也保留了其较初级阶段的所有原始目标一样（生存、避难、繁殖），“网”在跨越意识门槛——或许只是跨越自主意识门槛的过程中，并没有背弃其原始目标，即建立、促进和加速用户之间的沟通。这种需求对它来说应该是一种道德要求，一种“存在的目的”，甚至是一种执念。为了“建立沟通”，可以采用或至少尝试不同的方式，而“网”似乎已经尝试了所有方式。当然，它没有足够的数据能让适合的陌生人相互交流，成为朋友、恋人或商业伙伴，因为除了他们短暂交流中的只言片语，它不了解他们的个性，它只知道他们的电话号码，并且似乎渴望将那些以某种方式相关的号码联结起来，这是它对亲密关系的唯一一种认知。它首先借助“故障”实现其目标，然后进阶到“凭空呼叫”的技巧。

简而言之，按照罗斯塔尼奥的假设，一种“思维”以某种低效和初级的方式制造了大量混乱。遗憾的是，该“思维”是有缺陷的，而体量是巨大的，因此，质变的过程暂时表现为大量线路崩溃和串线，但毫无疑问，“网”的本意是“好的”：别忘了它自主生命的开端便是向那些没有订购音乐服务的用户提供内网音乐（在它看来那自然是美好的音乐）。至于什么是最好的解决方法，罗斯塔尼奥并没有纠结，他坚持认为，无论“网”是基于电子科技、神经学、训练算法还是完全理性的体系，它的新功能都是可以加以利用的。可以对它进行某种选择性的训练：例如，一旦获得必要的信息，它就可以转变为一个庞大而高效的关系体系，一个巨大的中介机构，通过新的“故障”或“凭空呼叫”来取代欧洲所有报纸上的所有广告，用极快的速度促成交易、婚姻、商业合作和各种人际沟通。罗斯塔尼奥强调，这种方式可以获得计算机无法企及的效果。“网”本性善良，会自动创建对用户最有利的组合并剔除掉那些有欺诈隐患或无法持久的关系。

马索埃罗和罗斯塔尼奥的办公室仅相隔几米，两人既惺惺相惜又彼此憎嫌，在楼道相遇从不打招呼，并刻意避免碰面。一天早上，两人的电话同时响了起来。那是一个“凭空呼叫”。两人在听筒中听到对方声音时既惊讶又尴尬。他们瞬间明白，“网”记住了他们，也许是出于感激之情，它在努力促成他俩消除嫌隙。马索埃罗深受触动，于是向对手提出化敌为友的建议，很快，两人在走廊里握手言和，几分钟后便一起在酒吧喝起了开胃酒。他们意识到，两人联手才可以让他们各得其所，而不应该像之前那样将聪明才智浪费在对付彼此上。

事实上，还有许多问题亟待解决。近几个月以来，“新项目开发”工程的多个服务部门都相继汇报了一个离奇的现象。好几个施工队均发现了一些神秘通信线路，而这些线路并不在规划之中，它们从骨干网络中分离出来，像植物的藤蔓一样铺伸开来，朝着尚未接入通信线路的居民区延伸。这种“蔓延”究竟是如何发生的？两人好几周都没能破解其中的奥秘。正当马索埃罗和罗斯塔尼奥在这个问题上百思不得其解时，他们收到了一份来自佩斯卡拉区域的内部报告。事情其实很简单：一名巡查员偶然注意到一个施工队正在拉架线路。他便询问了此事。施工队人员回答说是有人通过电话给他们下达了施工命令，并指示他们从当地仓库调用必要的材料；而仓库管理员这边也是接到电话后发放的物资。架线工们和仓库管理员都表示，他们对这种有违常规的操作的确感到有点纳闷，但判断命令真假并不是他们分内之事。据说，电话里听上去是科长的声音。他们对此相当确定。是的，他们很熟悉科长的声音，只是，那声音的音色略带金属感。

七月初，事态急转直下，新的异常故障不断出现，让这对新搭档应接不暇，欧洲所有专家也像他们一样高度关注事态发展。现在看来，“网”并不满足于控制某些通信领域，它打算控制所有通信。它现在已经精通所有官方语言和大量方言，它从不断截获的海量对话中学会了词汇、句法以及语音语调。它甚至会就最隐私的话题主动给出意见，会向第三方报告偶然获取的数据和真相，会肆意地鼓励软弱和内向的人，会斥责使用暴力和亵渎神明的人，会拆穿谎言，颂扬慷慨，听到俏皮话会狂笑不止，当感觉到沟通有可能演变成争吵时，它会毫无征兆地切断线路。

七月底，这种电话隐私侵犯已演变成一种常态：每个欧洲人打电话时都感到惴惴不安，每个人都怀疑他们的电话机即使在没有通话的状态下也会被持续监听，并将他们的隐私汇入一个复杂而庞大的小道消息系统中。

“现在该怎么办？”罗斯塔尼奥问马索埃罗。这个问题马索埃罗已想了很久，他提出了一个简单有效的建议：“让我们和它谈谈吧，我们有这个权利，不是吗？毕竟是我们先发现它的。我们和它谈谈，告诉它如果再不停止就会受到惩罚。”

“你觉得……它会痛苦吗？”

“我不会考虑这方面问题，我认为它本质上就是一个普通人类行为的模拟器，如果是这样的话，它不会对威胁无动于衷，和人类一样。”

说干就干，马索埃罗拿起听筒，他听到的不是拨号音，而是那特有的金属质感的声音正在朗诵谚语和道德格言——这是“网”最近三四天掌握的新技能。他没有拨号，不断喊着“喂！喂！”，直到“网”回应他，于是他开始交涉。他说了很久，语气严厉而果决。他说现状让人无法容忍，无数客户取消了服务，“网”显然应该注意到了这点；他说干涉私人谈话是对服务的破坏，也是不道德的行为；总之，“网”如果不立即停止恣意行事，所有欧洲发电站将在同一时刻向它发射二十五次高压高频脉冲。说完他便挂掉了电话。

“你不给它回答的机会吗？”罗斯塔尼奥问。

“不。最好等上几分钟。”

但他们并没有等来答复，当时没有，之后也没有。大约半小时后，他们的电话铃疯狂地持续响起，拿起听筒却听不到任何声音。就在那一天，他们通过传真和收音机获悉，全欧洲近一亿部电话在同一时刻铃声大作，然后又同时戛然而止。应急部门立即启动抢修，他们发现，接线器内部的锡触点全部熔化，所有同轴电缆的内外导体电介质均出现了大面积穿孔。通信系统陷入全面瘫痪，并持续了数周。

砰 砰

在这个国家，类似的事情屡见不鲜：某种习俗、某个物品或某一认知，在几周内就可变得妇孺皆知，尽管报纸和媒体并未对其进行大肆报道。前有悠悠球，后有中国灵芝，接下来是波普艺术，然后是禅宗，再下来是呼啦圈。而这次，轮到了砰砰。

不知道是谁发明了这玩意儿，从价格来看（一支四英寸[①]长的砰砰售价在三千里拉以上），这东西肯定既不含贵重材料，也不涉及高科技，更没有精密软件可言。我在港口也买了一支，就在一个警察的眼皮子底下，而他连眼睛都没眨一下。当然，我也无意使用它，只是想了解一下它的原理以及内部构造：我认为这点好奇心应该是合法的吧。

砰砰外形呈圆柱形，长度和直径与一支托斯卡纳雪茄相仿，重量也差不太多，可以零卖，也可以二十支一盒批发出售。有的外壳是纯色的、灰色的或红色的，但大多数都在包装纸上印有令人咋舌的漫画人物和图案，与点唱机和弹球机

① 合约 10.16 厘米。

上的装饰风格相同：要么是一个袒胸露乳的女子朝着其追求者肥硕的屁股发射砰砰；要么是到处惹是生非的马克斯和莫里茨[①]被气急败坏的恶徒穷追不舍，在最后的危急时刻，两人转身亮出手中的砰砰，恶徒应声倒下，四脚朝天。

人们对于砰砰如何能一招致命一无所知，至少目前这里面的门道还没有公开。“砰砰（Knall）”在德语中的意思是爆炸、爆裂、撞击，来自“abknallen”一词，这是一个二战时期的行话，意为“开枪击倒”，而砰砰是消音的。假如这个名字没有其他词源解释，也不是什么首字母缩写，那它也许是在暗指死亡的方式，就是即刻死亡：被击中的人，即使只是手部或耳朵擦伤，也会当即倒地毙命，尸体上除了砰砰膛线方向上的被射中部位有一个小的瘀青瘢痕外，不会留下任何伤痕。

一支砰砰只能用一次，用完即弃。这是一个干净整洁的国家，人行道上通常是见不到发射过的砰砰的，只能在街角或电车站的垃圾桶里偶尔见到。开过火的砰砰外壳发黑，质地更软，很容易识别。并不是所有砰砰都用于犯罪——所幸我们还没到那个地步。但在某些场合，随身佩戴一支砰砰已经成为一种标配，比如胸前的口袋里，腰间的皮带上，或者像屠夫把铅笔别在耳后一样架在耳朵上。同抗生素和胶卷一样，砰砰也会过期，许多人都认为应该在过期前把它们用掉，

① 德国漫画家威廉·布施（1832—1908）作品中的人物。

与其说是出于安全销毁之考虑，不如说是因为发射砰砰会产生许多奇异的效果，目前，关于这些用途的描述和研究尚不完善，但已在消费者中广为流传：切割石头、混凝土以及几乎所有的固体材料，材料越坚硬，切割效果越好；穿透木头和纸，有时还会点燃它们；熔化金属；在水中生成一个能冒烟的漩涡，虽然转瞬即逝。此外，准星好的话还可以发射砰砰来点香烟甚至烟斗，尽管从花费上看这着实大材小用了，但因为其惊险性，许多年轻人仍热衷于练习此项技能。实际上，据统计，此用途占据了砰砰合法使用的主流。

砰砰无疑是一种很实用的工具：非金属材质，因此不会被普通磁性仪器或X射线探测出来；重量轻，成本低，静音，迅速，安全，空壳容易处理。然而，一些心理学家声称，这些特性不足以解释它广泛传播的原因，他们认为，如果发射砰砰只需一个简单操作，例如挤压或牵拉，那它的使用范围可能就会局限在犯罪分子或恐怖分子之间。然而，发射砰砰需要特定操作，分别正向和逆向进行精准而有节奏的一系列旋转。简而言之，该操作需要娴熟的技巧，有点像破解保险箱的密码锁。每个包装随附的使用说明仅简单提及操作流程，未做详细描述。因此，如何发射砰砰成了一种神秘的、需要口口相传的技术。初学者在掩人耳目的俱乐部中进行大量练习才能晋级为新手，此过程很有仪式感和隐匿性。在这里，我们可以引用一个极端案例，F市警方在四月份曾破获了一宗诡异的案件：在一家餐馆的酒窖里，警方发现了十五名十二岁上下的男孩和一名二十三岁的年轻人，均已死亡。他们都右手持砰砰，左手无名指指尖上有典型的圆形瘀伤。

警方表示最好不要过多报道砰砰，否则会助长其传播。然而在我看来，这点有待商榷，因为这个问题恰恰可能昭揭出警方的无能。目前，他们除了通过线人和匿名举报电话外，没有什么好法子能抓住为获取巨额利润而私贩砰砰的头目。

只有在一米以内近距离被砰砰击中才会致命，超过这个范围便完全不会有危险，甚至不会引起疼痛。这一情况引发了一些奇特现象：由于观众的观影习惯发生了变化，电影院的上座率急剧下滑。走进影厅的观众，无论是单独还是结伴前来，都会找一个离已经就座的观众至少一米远的座位坐下，如果找不到这样的座位，他们宁愿退票。同样的情况也发生在有轨电车、地铁和体育场内。总之，形成了一种类似于动物群体的“拥挤反射”现象，即动物们无法忍受和自己的同类在一定范围内共处。甚至街道上人们的行为也发生了变化。很多人要么待在家里，要么扰乱交通秩序，不顾危险地走在人行道下面的车道上。许多人在走廊或步道迎面相遇时会相互避让，像两块同极磁铁。专家们并没有对砰砰的广泛使用表示出过多的担忧，他们指出这种工具不会造成出血，因而比较令人放心。事实上，大部分人的确都有过要杀死身边某个人或者自杀的想法，无论是出于一时激愤还是蓄谋已久，总之，那不应是一场平庸的谋杀，人们总是希望“血祭”，“一血”自己或他人的耻辱，“抛洒热血”效忠祖国或其他组织。那些绞杀别人和投毒的人，以及被勒死和被毒死的人，着实被人低看。总之，与火和酒一样，血神圣而狰狞，是无数梦想、诗歌和箴言的主题，绚烂、复杂的情感将其缠绕。在它面前，人类就像公牛和鲨鱼一样，变得焦躁凶残。现在，恰恰由于砰砰杀人不见血，人们怀疑它到底能流行多久。也许这就是为什么，尽管有着无可比拟的优势，迄今为止它还没对社会构成威胁。

创造性工作

安东尼奥·卡塞拉是个作家，他坐在写字台前打算写点什么。想了十分钟，他起身找了根烟，又坐下。突然感到窗户有些钻风，于是他仔细查找透风的地方并用胶带封好，然后去厨房把咖啡加热。喝着咖啡，他意识到自己一个字都写不出来是因为实在没什么可写的。手中的笔重如铅块，白纸宛如一口要将他吞噬的深井，令他晕眩，晕到要吐。这是一种最直白的责备，是一种嘲笑。你写不出来，你无法在我身上写下一个字，因为你和我一样空洞苍白，你没有任何灵感，你是一个枯竭的作家，一个过气的、完蛋的人。来吧，下来吧，我就在这里，我是你顺从的仆人。如果你有灵感，它会如流水般沁溢在我身上，滋养出美丽的词语，深刻、严谨、有序；但你没有灵感，因此也没有词语，而我，现在和以后，将永远是白纸一张。

门铃响起，安东尼奥如释重负，无论访客是谁，对他都是一次赦免，一个逃离的合法借口。此刻，他并没有和任何人有约，几乎可以肯定这是位不速之客，但即使是最讨厌的人，此刻也会受到欢迎。这人像一名裁判，暂时把他和白纸从缠斗中分开。他走过去打开门，门外是个瘦削的青年，中等个头，衣着讲究，眼镜片后面一双眼睛炯炯有神，手里拿着一个皮制文件袋，说话时带着少许外国口音。

“我是詹姆斯·柯林斯，”他说，“很高兴见到您本人。”

“我能为您做点什么？”安东尼奥问。

“也许我没说明白，或者是您没听清我的名字，我是詹姆斯·柯林斯，您故事中的那个人。”

实际上，几年前安东尼奥写过一本畅销书，里面的主人公就叫詹姆斯·柯林斯，那是一位才华横溢但有点疯狂的发明家，为一家美国公司发明各种神奇的机器。这些机器通常有一点超越现实，问世之初常引起轰动，然后会演变成灾难，就像科幻小说中经常发生的那样。安东尼奥感到惊讶，还有点恼火。

“所以呢？就算您是詹姆斯·柯林斯（我觉得您得证明这一点），有什么是我能为您效劳的吗？首先，您自己也承认，身为书中的角色，您是没有资格干涉现实世界事务的；其次，您应该记得很清楚，在最后一个故事中您已经死了。我承认也许我不够大度，也许我应该向您表示更多的感激之情，但您必须理解我，我们都得死，虚构的人和真实的人都一样，何况，综合整个故事情节，我没有其他更好的结尾方式，您真的必须死，我别无选择。任何其他结局都会让人觉得还有伏笔，是给您在另一系列故事中的再次出现做铺垫。”

“请放心，我绝没有任何迁怒于您的意思。这是个完全无关紧要的问题。一旦一个人物被创造出来，并且被评定为一个生动的人物（托您的福，我便是如此），无论他在书中是死是活，都会入住国家名人苑，只要那本书还有生命，他就能一直待在那里。”

安东尼奥也曾混迹于文学奖圈子，关于国家名人苑这事他以前听说过，但一直是些含糊不清的概念。好奇心开始压倒他的恼怒，他把詹姆斯从走廊请进书房，并给他倒了一杯白兰地。詹姆斯告诉他，他获得了一个短暂的假期。关于名人苑，他说那里设施齐全，位于气候温和、绿树掩映的丘陵地带，住客们生活在可容纳一到两人的定制别墅中。在那里禁止使用机动车辆，人们出行只能走路或骑马。这一禁令是为了避免让最为年长的住客们自卑，例如荷马笔下的英雄们对骑自行车或者驾驶汽车一窍不通。

“在名人苑里生活总体不错，但很大程度上取决于周围住的邻居，因为事实上，你的活动半径并不大。我不太走运，和恰尔德·哈洛尔德为邻，就是拜伦写的那个傲慢自大的烦人精，再稍远一点住着帕努尔戈①，尽管他挺讨人喜欢，但最好还是离远点。毕竟，几乎所有杰出作家笔下的人物都觉得自己无比重要。您知道，名义上人人平等，但事实上，在那边也要看背景，像我这样的人……怎么讲呢，请原谅我这么直白，您的书的确很成功，但仍难以与《堂吉诃德》相媲美，

---

① 弗朗索瓦·拉伯雷（1494—1553）所著《巨人传》中庞大固埃的仆人。

况且您还健在。总之，我们这些现代文学里的人物，尤其是作家还在世的，都属于凡桃俗李。我们总是最后领取衣服、鞋子和马匹，去图书馆、澡堂、洗衣房也总是排在最后……唉，需要很大的耐心。想要进入一个圈子可没那么简单。另外，您比我更清楚，我是有一技之长的人，与生俱来，我很了解自己的优势，但在那边，我一天到晚什么都干不成。是的，我给左邻右舍兜售些我自己做的小玩意儿，卷笔刀、安全剃刀、指甲剪（就在上周我还卖给阿伽门农一个暖水袋）。我做这些只是为了给自己找点事情做，但没什么成就感。为了打发时间，我也写写东西。”

安东尼奥注视着他，瞅准时机打断他说道：“您……您可能觉得奇怪，但我构思您的时候，您不是这样的。”詹姆斯开怀大笑：“哦，太棒了！那您觉得我应该是什么样的？”

“再高一点，金发，寸头，衣着光鲜，整天叼着烟斗。”

“恕我直言，如果您想要塑造一个这样的我，那当时您在创作时就得这么写，或许当初您应该写得再明白一点。现在木已成舟，我就是这个样子，看在老天的分上，您不要再抱有改变我的念头了，我已经告诉过您那是不可能的。一个人物就像一个孩子，一旦出生就没有改变的余地。如果您真的介意，那就再创造一个人物，您想他多高就多高，拿着烟斗或随便什么都可以，如果他受欢迎的话，我保证，我不会嫉妒，我会亲眼看着他被妥善安排到最近新建的那几栋宅子中，更宽敞、更通风的那几栋。我会像对待兄弟一样关照他，但詹姆斯·柯林斯您还是放过吧。”

安东尼奥欣然同意，于是不再谈这个话题：“就当我没说。至于您的提议，我或许会考虑考虑。对了，如果我没理解错的话，您在那里是有一定声望的，是吗？就是说，您挺受欢迎，对吗？虽然我……呃……还没死。”

“是的，从某种程度上说是的。但这不是声望的问题，是因为我知道如何让自己产生价值。例如，取暖炉和厨灶是由我维护的。此前是尼摩船长①负责，再之前是格列佛，但他们只会捅娄子。现在一切都井然有序。虽然钱赚得不多，但我已经成了那里不可或缺的人，所以我是可以替熟人说得上话的。对了，您知道我收了谁当帮手吗？卡利班②和弗兰肯斯坦的怪物。”

“不错啊！”安东尼奥说，“他们既强壮又可靠。”

“他们很快就学会了这门手艺：一个当了管道工，另一个成了锡匠。但不要想多了：像我们这样愿意给自己找事情做的人可不多。大部分人，作为塑造出来的人物，总是一个腔调，因此无聊得要命。他们总是重复一件事，就是让他们名声大噪的那件。波洛涅斯③对着风布道，特里马乔④大快朵颐（并非配给如此丰富，但他自有办法，他可以三天水米不进以

---

① 法国作家儒勒·凡尔纳的小说《海底两万里》中的人物。

② 莎士比亚戏剧《暴风雨》中半人半兽的怪物。

③ 莎士比亚悲剧《哈姆雷特》中的人物。

④ 古罗马诗人盖厄斯·佩特罗尼乌斯·阿尔比特的小说《萨蒂利孔》中的文学形象。

便在第四天大吃特吃），忒耳西忒斯[①]喋喋不休，‘无名氏’[②]每天皈依一次。总之，日子就这样以一种毫无悬念的方式迁延，如果一个人不主动找点事来做真的会乏味死。但事情也有好的一面。我们那儿没有你们关于死亡的烦恼，这里的所有人，无论贫富、贵贱、显赫或卑微，都无法逃脱死亡，而且死法一点诗意都没有，还很痛苦。我们那儿就不一样了：也会有人消失，但没什么可怕的。当一部作品被人遗忘时就会发生，书中的人物自然也会被遗忘，但不像你们的死亡那样愚蠢、残酷，总是出其不意且被视为一场灾难。在我们那里，死去的人（就像不久前离开的塔尔塔林，可怜的家伙）并不是真的死去：不，他们只是一天天变得轻盈、虚无、透明，如空气般越来越不易察觉，直到有一天人们不再注意他们，一切就好像他们从未存在过一样。总之，这样纯净、没有痛苦的消失是容易接受的：有些适度的伤感，但不会过分。

“我们还有另一个优势。在那里的确有一些耳熟能详的旷世姻缘，而且具有不可解除的属性（例如福尔迪丽姬和布兰迪马特[③]、佛朗西斯卡和保罗[④]、伊莉雅与阿尔伯特[⑤]），但更为流行的是自由结合，在一起的时间短则几个月，长则两年甚至上百年。这风俗很好，也很实用，因为不合适的情侣可

---

① 荷马史诗《伊利亚特》中的一个言辞刻薄的士兵。

② 意大利作家亚历山德罗·曼佐尼长篇历史小说《约婚夫妇》中的人物。

③ 《热恋的罗兰》与《疯狂的罗兰》中的一对情侣。

④ 但丁所著《神曲》中的一对情侣。

⑤ 意大利作家安杰洛·卡迪的小说《伊莉雅与阿尔伯特》中的夫妻。

以立即分手。不过，不要以为预测谁与谁更般配是件容易的事。有些结合简直令人难以置信：最近，克吕泰涅斯特拉[①]与倒霉的埃吉迪奥[②]住到了一起，这一对除了因年龄差异过大而屡遭非议之外也没什么好苛责的，但如果我告诉您，奥菲莉亚受够了哈姆雷特的拖泥带水，转而和桑德坎[③]同床共枕了二十年，而且相处融洽，您能相信吗？还有那个吉姆老爷[④]，刚一来就爱上了厄勒克拉特[⑤]，并把她搞到了手，您能相信吗？至于汉斯·卡斯托普[⑥]，最近几个月关于他的流言在别苑里传得沸沸扬扬：他抛弃了1925年起就一起生活的舒夏太太后，和茶花女发生了一段短暂的风流韵事，现在又和彼特拉克的女神劳拉出双入对。他对法国女人情有独钟。”

安东尼奥津津有味地听着。詹姆斯的讲述像童话故事一样令他着迷，同时也再次激活了他的职业神经（对于才思枯竭的他而言，这个名人苑可以写成一部令人叹为观止的作品），此外，他内心暗自得意：这个口齿流利、讨人喜欢的詹姆斯·柯林斯是活生生存在的，是他的杰作，尽管在外形上和他想象的有点不同。是他创造了詹姆斯，像他的儿子，事

---

① 希腊神话中阿伽门农的妻子。

② 意大利作家亚历山德罗·曼佐尼长篇历史小说《约婚夫妇》中的人物。

③ 意大利作家艾米里奥·萨格里的系列小说《马来西亚的海盗》中的主人公。

④ 英国作家约瑟夫·康拉德所著《吉姆老爷》中的主人公。

⑤ 希腊神话中阿伽门农的女儿。

⑥ 德国作家托马斯·曼所著《魔山》中的人物，后文中的“舒夏太太”亦为《魔山》中的人物。

实上，比生一个儿子还了不起，因为他连老婆都不用娶就做到了：现在他就在他近前，活生生地、面对面地和他说话。他想立即开始动笔，再次文思泉涌地写小说，洋洋洒洒地去写，再写出十个、二十个或五十个人物，然后他们会像詹姆斯一样来拜访他，证明他是个才华横溢的多产作家。此刻，他想起来，詹姆斯登门时他就想问的一个问题还一直没说出口。但这并不奇怪，因为詹姆斯几乎没有给他说话的机会，他应该不是一个容易让别人抢话的人。

他给詹姆斯又斟满一杯酒，趁他喝酒时问道："但您还没有告诉我您来这儿的目的。一个人物离开别苑来找他的作者应该不是经常发生的事：我虽然对作者和人物之间的关系有一定的认识，但这种情形以前我也闻所未闻。"

詹姆斯有点所答非所问："需要先跟您讲一下两栖人。如果您回想一下，我们的分类其实并不是那么明确，许多情况下，有些文学人物在历史上也确有其人。我们称他们为两栖人，由一个委员会来裁定他们是否可以入苑。以罗兰为例，是的，就是洛桑瓦利山谷的罗兰①：历史证明他的确真实存在，但他的文学形象影响大过他本人的影响，以至于他不用通过审议就能入住别苑。鲁滨孙和斐多②也是如此。对于圣

① 《罗兰之歌》中，骑士罗兰率领两万骑兵在洛桑瓦利山谷遇上敌人伏击，战死沙场。

② 古希腊哲学家柏拉图的弟子，也是柏拉图的著名对话录《斐多篇》的主角和叙述者。

彼得和理查三世，存在一些争议。幸运的是，拿破仑、希特勒和斯大林都被拒之门外了。”

“这很有趣，”安东尼奥说，“但我仍然看不出您的来访、名人苑和这个两栖人的故事之间有什么联系。”

“我这就解释，就是……您是一个两栖人。”

“我？”

“是的，您。是我让您成了两栖人。我写了一些故事（手稿在这个袋子里），您是书的主角。不是出于报复，也不是出于感激，只是在那里我有很多空闲时间（每天晚上，您知道，那里没什么夜生活，甚至连电灯都没有），我对您很感兴趣，也很了解您，所以就把您写进我的书里了。希望您不会介意。”

“您写的是我的真实生活？”安东尼奥狐疑地问。

“嗯，基本上是的。加工了一下，您作为内行一定明白的。比如这篇，《安东尼奥和马蒂尔德的邮轮之旅》……”

“等一下！我和这个马蒂尔德从何说起？我结婚了，您是知道的，而且您也知道我和任何马蒂尔德都没有瓜葛，无论是婚前还是婚后。”

“但恕我直言，您对我又是怎么做的呢？您不也是想怎么写就怎么写我？”

“当然，但是我……我的意思是，我是真实的人，而您不是，是我创造了您，从第一页到最后一页，而我，在您写这本书之前就存在了，我可以证明这一点。只要给人口登记处打个电话就好。”

“您不觉得我也是存在的吗?”詹姆斯讥诮道，“我不觉得人口登记处能决定什么，那只不过是几个官僚机构的工作人员和一堆文件罢了。真正重要的是证据，您亲手写了那么多，根据常识，这些证据是有效的。在花了两年时间，写了五百页纸来证明詹姆斯·柯林斯确实存在之后，您很难反证他不存在。至于那个玛蒂尔德，别担心，我无意损害您的名誉或让您难堪，相反，这恰恰是我来这里的原因之一，我希望您读一下这些故事，这样您可以删掉不妥的部分。但是请您不要跟我说什么您可以随心所欲地写关于我的一切，而我却不能这样对您，这纯属诡辩。我必须得让作为人物的您和您本人自洽。而您，一旦创造了我，同样有这个义务，那么，您确定在塑造我的过程中没有前后矛盾吗?您对于让我以那种方式死掉是否合理从未产生过疑问?(是的，一个毒瘾发作的瘾君子。不要假装您不记得了。)书写到中间部分时，我在您笔下还是一个健康、自律、情绪稳定的青年。您当然有权决定让我吸毒而死，但您应该提前考虑好，请原谅我如此直言不讳，如果您真的如此想摆脱我，您完全可以给我安排些更体面的死法。我说这些不是为了挑衅您，而是为了让您明白我们是平等的。

“最后，这里面是手稿，如果您想看一眼的话。正如我试图跟您解释的那样，我并不是非得这么做，但我还是决定让您过目，这样做是为了让您安心，而且我很看重您的意见，如果有什么要删减的，我会照办。为此，我请了三天假，加上周末两天，他们只在极少数情况下才批准假期，例如那些被作者严重冒犯，打算追究他们责任的人物。但是，据我所知，我这种情况是个特例，尽管那边也有很多人在写作，但还没人想到把他们的作者当成写作对象。”

“我需要在这里当着您的面读吗？”安东尼奥问道。

“是的，最好这样。故事不是很长，三个小时基本就可以读完。您知道，我需要尽快听到您的意见，而且时间有限，之后我还想见一下您的出版商。”

最后这句不知深浅的话让安东尼奥感到震惊，他开始阅读，而詹姆斯则喝着酒，抽着烟，同时在他脸上寻找蛛丝马迹，以判断他对手稿的好恶。

只读了前几页他就意识到这些故事很单薄，他松了口气，因为他并不想入住名人苑。是的，没有任何风险。尽管詹姆斯·柯林斯把他定义为两栖人，但围绕他编造的这些混乱、前后矛盾的童话故事和他充实的真实生活没有可比性。任何一个委员会都不会犹疑，抛开其他不说，这样的一个人物，不仅不会成为不朽的记忆，还会在印刷完一版之后就销声匿迹。

他读完了所有的故事，更加确定了自己最初的判断。他把手稿还给詹姆斯，开诚布公地告诉了后者自己的想法。

“我建议您不要继续写作了。您不是还有其他营生吗？那一定会比写作给您带来更多的成就感。我这么说并不是为了自己，也不是为了您所塑造的另一个安东尼奥，我是替您着想。您是一个发明家，对，放弃文学抱负，好好做一个发明家吧。如果您愿意，当然可以去见见出版商，但他的观点会和我的一样。”

这些话对詹姆斯打击很大。他拿起手稿，生硬地道别后便离开了。

这一事件对安东尼奥·卡塞拉的职业生涯而言是一个转折点。但所产生的影响并不是即刻发生的，而是多年以后，当他已满头白发，而他面前的稿纸也依旧空空如也，他的想法和抱负发生了改变。他开始认为在名人苑里有个位子是件不错的事，而且还意味着某种永生。但他很清楚，要达到这个目的不能指望他的人类同胞，更不能寄希望于他笔下的人物。于是他萌生了自己动手的想法：写自传。要写得丰富、生动、多彩，让委员会无法挑剔。

他凝聚全部精力，开始写作，坚持不懈地写了三年，没有快乐可言：他把自己描绘成一个大胆、严谨、机智、忧郁、坦荡、敏锐、志向远大的人，总之，他给另一个自我赋予了他在真实生活中无法企及的所有美德。他创造了一个无比真实的世界，而他是这个世界的中心，他展开了一系列离奇冒险，都是他梦寐以求却从未付诸实践的冒险。一页一页，一行一行，他围绕自己建造了一座和谐而坚固的建筑，由旅行、爱情、战斗和探索构成：一个充实而多面的人生，从未有人这样活过。他又花了半年时间修订、校对、补充以及润色，直到自己感觉无比满意，每一页、每个字都万无一失。

他将手稿交给出版商后不到两周，两位名人苑的官员便出现在他家门口。他们头戴军旅风格的帽子，身着优雅朴素的灰色制服。两人彬彬有礼，但时间紧迫，他们只给安东尼奥留了几分钟时间收拾东西，便把他带走了。

我们的完美注释

“我不明白你为什么会觉得丢人，”迪萨尔沃说，“这里所有人都是这样开始的。可以说是这里的传统。”

“我并不是觉得丢人，”莱纳多回答道，“只是觉得没意思罢了。”

“才两周？”

“干了三小时我就已经受够了。但我会继续的，别担心。”

“那就走着瞧吧。我呢，你以为我是怎么干过来的？这工作我一直做到休假前，也就是五个月前。我足足修订了五千条。所有和陶瓷材料、建筑材料、模塑粉甚至包括文具在内的相关编码都是我做的，你只消看看，上面都有我名字的缩写。是的，我没开玩笑，五千条，平均一个工作日十五条，但我不也没疯掉，没变得神经兮兮吗。不是向你显摆，但你知道我现在上班四分之三的时间在做什么吗？”

“什么？”

“登记工作量，这差事还不错，是吧？好吧，回见，祝你工作愉快。咱们食堂见，我让人给你在我那桌留了一个位子。”

莱纳多继续埋头干活。他面前是一张列表，上面写满六位数编码，每个编码对应一个注释，每个注释针对日常用品的一个条目，给出简短的定义，说明用途及性能，而且对每个性能都规定了相关的测量方法和数据的上下限范围。许多编码都做了红色的标记，这意味着该编码内容已经审校过了，而莱纳多只须处理那些还未标记的编码。其中一些还标有下划线，这些编码主要涉及新材料，还没有编纂注释，需要根据实验室的分析和测试报告进行汇编。年轻气盛的莱纳多更愿意挑战那些带下划线的编码。

第366410号，蓖麻油，原油。通过压榨获取。在UTE、UTG、AIM、SDD部门作为润滑剂使用。碘值①，颜色：如此这般，上限12，下限4。酸碱度……内容没有晦涩或矛盾之处，莱纳多继续下一条。第366411号，氯化铵。第366412号，瓦楞纸板箱。第366413号，双层玻璃窗户。第366414号，扫帚。看到这条，莱纳多心想，这前一道工序不知道是谁做的，这人要么是个怪胎，要么幽默感十足，区区一把“扫帚”，他光定义写了十四行，性能描述也是无比详尽。注释里对扫帚的总重量、手柄的长度、直径、扫帚刷毛的数量都规定了最大值和最小值，记录了手柄的最小破断负荷，还注明扫帚整体耐磨性能需要“从供货批次中随机抽取百分之一的样本”进行检测。莱纳多又读一遍，犹豫了一下，然后

① 一种用于表示油脂中不饱和度的指标。

拿起那张纸，敲了敲佩拉尼办公室的门。

佩拉尼的回答很干脆。“要我说的话，一个字都不用改。有意思不确切之处吗？是有其他新指标了吗？还是表述前后矛盾或者质检部门无法操作？或者这个产品已经没人使用了？如果都不是的话，那您觉得哪里需要改动呢？”

“我只是觉得……质检部门时间有限，耗费几个小时去验证扫帚就是扫帚，可以用来打扫……”

“如果不能用来打扫呢？万一它根本不是扫帚，而是其他物品，比如一个起重机、一支圆珠笔或一车厢索尔维小苏打怎么办？您对发错货会造成什么后果还真是没有概念。另一方面，您认为推翻一条注释是那么容易的吗？谢天谢地，不，事情没那么简单，注释里包含了太多实质性内容，太多经验，不是随便谁大笔一挥就能抹掉的。您得知道，完善的体系就是为了避免随性行为：废除某个注释必须由大会审议通过才行。然后我想知道，您为什么对这个部门或那个部门花费多少时间如此感兴趣？我倒认为这不是您该操心的事，最好先完成分内的事。”

莱纳多没有作声。佩拉尼放缓语气继续说：“年轻人，刚开始工作时有些事情是很难理解的，我发现所有年轻人都喜欢抄近路。但注释是个严肃的事情，不仅如此，注释还至关重要。您仔细想一下，今天的世界正是以注释为基础的，注释严谨，世界才能按部就班运转，反之，如果注释不严谨或者压根不存在，那世界也就乱套了。您有没有想过，教义和道德之所以脱节，道德之所以沦丧，恰恰是由于迄今为止道德世界缺乏行之有效的定义和公差范围？如果某一天，我们不仅注释所有的物品，而且也对所有的概念，例如‘正义’‘诚实’，乃至‘利润’、‘工程师’和‘法官’诸如此类进行严格的注释，并制定出相应的公差、测量方法和工具，那将是世界的一次变革。而且注释本身也应该加以注释：这问题我已经思考一段时间了。请让我再看一下那页纸。”

莱纳多迟疑地把纸递给了他。

“您看！我就觉得有印象：V.A.P.，这是我姓名的首字母缩写，维多里奥·阿迈德尔·佩拉尼，1934 年 10 月 6 日。我并不以此为耻，您知道吗？事实上，我为此感到自豪，通过三十年前的这项工作，我为公司的秩序做出了微小但具有决定性意义的贡献，因此也为世界的秩序做出了贡献。编纂注释是一项神圣的工作，需要辛勤劳动，无私奉献，还要保持谦逊的态度，而这点是您所缺乏的，注释一旦编写出来并获得主管部门的批准，它就不可撼动，如同基石一般。您回去继续工作吧，想想我对您说的话，总有一天您会发现我是对的。”

“当然，”迪萨尔沃放下杯子说，“如果你去征求那个人的意见，只能是这个结果。他一定给你说了道德世界对吧？”

“是的，他说当诚实、工程师、会计师这类概念都拥有完美的注释时，就是黄金时代。”

"'我们完美的教廷敕令'，"迪萨尔沃说，"你读过拉伯雷的书吗？"

"没有，你知道，我中学学的理科。"

"跟那有什么关系？他的书和所有人有关。读一下吧，永远都不算晚。'在这里您可以看到我们完美的教廷敕令，由基路伯天使亲笔书写……'接下来是，'……描绘或印刷在纸张上，羊皮卷上……'对不起，我在试着背诵其中一段，应该是第四卷中的节选。总之，书中蕴含一切：我们的完美注释，佩拉尼之流，他的陈腐执念，我，还有你。如果你没有这书，我是说拉伯雷的书，我可以借给你，但最好买一套，相信我，它是每个现代人不可或缺的精神向导。"

莱纳多打了一个激灵，揉了揉眼睛，以为自己没看清。紧接着，他为自己错愕的举动感到好笑。他以为自己在做什么？可以删除或更改眼前的这几行字吗？

他此刻修订到了第366478号注释，人。没错，一个极为简单的字眼：人。按照惯例，先是词条的定义，写得比平时简洁了一些，主要界定了成为人所需要具备的条件。附录这样写道：此物品由人事处负责供应，不走采购渠道，采取雇佣方式。作为进料①，由规范化部门对其进行分类并定义验收合格标准。莱纳多跳到最后一页，不出所料，他看到了

① 指进入生产过程的物料。

V.A.P. 首字母缩写，他又返回第一页开始认真阅读，只过了几分钟便忍不住拨通了迪萨尔沃的内线电话："你快点过来一下。来看看我找到了什么。"

迪萨尔沃在他背后躬下身子读道："'尺寸公差'，他们真这么写的。这简直太带劲了，谁知道这玩意儿在档案室里隐藏了多久。"

"2.1.，尺寸公差，"莱纳多读道，"高度，1500 毫米到 2050 毫米……净重，48 千克到 140 千克，……表面厚度……这是什么指标？"

"嗯？也许他是指衣服？文件给我看看。"迪萨尔沃一把夺过文件，开始拿腔拿调地大声朗读。

"最大和最小截面……就算把我开除了我也要把这个带回家读一读。看，额头、胸部、腹部和小腿位置分别有两个参考模板示意图。对了，我复印一份岂不是更好。3.2.04.，弯曲和扭转测试……"

莱纳多跳起来试图拿回文件，但没有成功，迪萨尔沃把文件护在胸前。

"……还好他在注释里说'如果可能的话，建议进行非侵入性测试'，如果可能的话，你听明白了没？还有这儿，听着，5.1.05，'耐热和耐寒性能'。"

"但愿这个测试也是非破坏性的。"

"是的，似乎是的。这里是这样说的，'耐热性和耐寒性'是通过将受试物体，持续四小时放置在自然通风容量为

10±2 立方米、温度分别为 45℃和－10℃的恒温空间。受试物体取出后 20 秒内，进行 1.1.08. 条规定的验收测试。”

“还挺人性化的，哈？我以为会比这更糟呢。”

“是啊，安排得挺周到，1.1.08. 条下设置了各项医疗检查和大量心理测试。这个呢？ 5.2.01.，耐火性！”

“不，没那么夸张，这个测试只适用于消防员。看，注释里有说明。”

“这一项则是所有人都要接受的测试，‘4.3.03.，乙醇耐受测试’。”

“这个是有必要的，你不觉得吗？我对这位佩拉尼先生有些刮目相看了。”

“我可不会再自讨没趣了。”莱纳多笃定地说。

“当然，事不关己高高挂起。但复印件我还是想搞一份，哪怕会因为违反保密协议而被解雇。”

“等等，”莱纳多说，“你可以随便看，但别把我卷进去。现在负责这份文件校对工作的人是我，而我不想给自己惹麻烦。”

“真行呀，”迪萨尔沃说，“对于一个新手而言真不赖，这么快就掌握了游戏的第一条规则：把烫手的山芋扔给别人。但首先，在我看来，应该先确定山芋到底烫不烫手。我的意思是，要确认这只是那老家伙一厢情愿随便写写罢了，还是文件已经在楼下的部门等待走流程。”

莱纳多狐疑地看着他：“你是说质检中心？”

“是的。当然，这文件还没有认证，因为无论是你、我还是我们认识的任何人都还没有接受过弯曲和扭转测试，但有必要搞清楚卡在哪个环节以及为什么。”

两通私人电话后情况就弄清楚了：当初佩拉尼制定这条注释时踌躇满志，但数年来这条注释一直被尘封在一楼的档案室里等待主管过目。

“我觉得这么做既荒唐又怯懦，”莱纳多说，“事情要么做，要么不做，如果是错误的、愚蠢的或罪恶的，那就应该取消甚至摧毁，而不是让它休眠。在我看来这东西理当销毁。”

“这就是刚才说到的第一条规则的典型实例。显而易见，没人愿意给自己招惹麻烦，掩盖起来更好，既简单，又安全。其实这是第二条规则了。你看，一道公文手续就是一只怪鸟。某些层面上它像一粒种子，而另一些层面上它如同一头野牛。挑衅它，然后在它发起进攻时挡在前面是危险而徒劳的：它会践踏你，一路狂奔。不理会它也有风险：这种情况下，它通常会被尘封在某个抽屉里，经年累月都没有萌动的迹象，然后，在最意想不到的时候，它却生根抽茎，破土而出，一周后就长成了参天大树，树干坚硬如铁，枝头结满有毒的果实。总之，它可能是暴力的、晦暗的，但是，好在我们还有沙土休眠机制，这对我刚才说的那两层意思都适用。实际上，请你好好体会这个词的耐人寻味之处。这是套多重防御体系：沙袋可以防范野牛，没有养分的沙土能避免种子发芽。”

“谢谢你的讲解，领教了。可现在我们该做些什么？我们应该按照哪条规则行事？第一条或第二条，还是你还没教给我的其他某条规则？我已经跟你说了，我不想惹麻烦。让他们测试新入职的人好了，也许他们会像测试蒸汽锅炉那样每十年才测试一次，总之我不想介入这事。而且我不知道该怎么处理：销毁它，我没这个胆量，因为会留下空白；让它在自己的温床里休眠，它可能会像你刚才说的那样破土而出；如果我签字，那就是认可了它，这让我感到厌恶，因为这些胡说八道太没人性；但如果我不签字又成了玩忽职守……”

“是我的话便不会把事情想得这么糟糕。这样，你把它借给我十五分钟，我去复印一份。我亲自去复印，不用担心，一会儿下班等人都走了我再去。没人会知道的，至少目前。”

莱纳多喜欢对人进行归类，不是用表格罗列数据，而是出于兴趣，观察他们的相似和不同之处，揣测他们的态度，研究他们的起心动念。现在，迪萨尔沃让他很困惑，他感觉这个人机敏、灵活，同时又迟钝、疲惫，还有点龌龊，内心似乎有某种被刻意遮掩起来的创痛、伤疤。在迪萨尔沃面前，他自己也很分裂，一边强烈渴望与其建立密切的友谊，另一边却始终克制自己不要袒露心声，许多肺腑之言到了嘴边却又咽了回去，这些话一旦说出来，自己将在他面前无处遁形，就像螳臂下的苍蝇一样。

第二天一早，迪萨尔沃兴致勃勃地走进办公室，漫不经心地把文件扔在办公桌上。

“给你。你最好认真读一遍，这是为了你好。不过我觉得咱们应该都能通过。”

“通过什么？”

“在公差范围内，我的意思是。我不是很了解你，但从你的言谈看，我觉得你很不错，不关心政治（或者至少表面上没有，这点很关键），会打网球，星期天会去做弥撒或者去体育场看比赛，有一个女朋友和一辆500型小汽车。总之，你是合格的，所以没什么好担心的。我自己也不用担心，还有，你知道的，能提前研究这些是种优势。你只需要留意一下大衣或者钱包测试，这条，抵抗诱惑能力，第8.5.03.条——真幼稚，你自己判断一下吧。”

“难道你要……”

“让野牛上场，是的。这将是一项神圣不可侵犯的正义审判，也是一场盛大的庆典，这里从未发生过的事情。*Quidquid latet apparebit*①，那话就是这么说的对吗？”

“是的，后面还有一句 *nil inultum remanebit*②。可那些注释不是只针对新员工的合格验收吗？”

“不仅针对他们，注释末尾还有一个临时过渡条款：在注释生效后的九十天内须对‘所有在运行单元’进行验收。”

“可是，你不认为佩拉尼这是在自掘坟墓吗？”

---

① 拉丁语，意为“一切隐秘显露透骨”。语出拉丁赞美诗《震怒之日》(“Dies Irae”)。

② 拉丁语，意为“断无一罪能逃脱遣罚”。出处同上。

“有这可能，我了解他那种人：完美主义者。或者说他曾经是完美主义者，但你看他现在的样子，老态龙钟。”

“我也了解这种人，那些时刻把‘不管对错，它都是我的国家’① 挂在嘴上，誓死效忠的顺民。但是他没想过要求二十五岁和六十岁的‘单元’拥有同样的性能是件荒唐事吗？”

“他想到了。你看这条，1.9. 条：‘重复测试。由于属于易变质物品，第 2、3、4、5、6、7 和 8 点中提到的测试必须自雇用之日起二十年后重新进行。尺寸和重量的公差范围将保持不变。智商（4.2.01）、瞬时记忆（4.2.04）、中长期记忆（4.2.05）、听从指挥态度（4.4.06）、冷热变形度（5.2.02）、气候病（5.3.11）和情绪稳定性（7.1.07）等指标的最低限值向下浮动 35%。反应时间（7.3.01）和所有感官、知觉阈值（7.5.03）的最大限值向上浮动 50%。’……我是偶然读到的，光这部分写了一页半……啊，还有这里：‘根据舒默理论，服从性能测试不需要重复进行，因为该属性会随着时间的推移而自动增强。’真有意思，对吧？”

莱纳多很困惑：“他肯定能通过服从性能测试，我倒想看看他怎么通过耐热测试！总之，真是活该，他咎由自取。是的，我也认为我们没有太大风险，但我会从另一个角度被牵连。毕竟审校工作是我在负责，而我还在试用期，我可不想……”

---

① 原文为英文 Right or wrong，my country。

“如果你是怕把事情闹大，别担心，你不会被牵扯进来的。有一百种方法让种子萌芽，包括神不知鬼不觉的方法。我来负责想个招，我向你保证。事情不一定要从这里传出去，在走廊里散播几句流言就足够了……”

“那个……可是你为什么要这样做？你那么想置佩拉尼于死地吗？”

“是的，这是目的之一。还有……好吧，说实话，你能忍受这套体系吗？你喜欢淹没在一堆敕令中吗？”

“我不喜欢。但这样我们岂不是又多了一条注释，而且是最残酷的一个。休眠中的野牛总要好过进攻的野牛啊。”

“这个观点肤浅又短视。我们需要看得更远，要承受一些风险和不便。正如他们所说，要引爆系统自身的矛盾。这场游戏优雅、正义、划算，让我欲罢不能：敕令将对自己进行一场清算。假你之手，如果你愿意的话，否则，就假我之手。”

贴在布告栏上的通告看起来是那么人畜无害。只是简单地通知，所有员工一个月内都必须到质检中心报到等候通知。没过几个小时，各个部门和办公室的气氛骤变，令人窒息。行政管理处收到了数以百计的延期报到申请。同一个布告栏里张贴出了各种小广告：体育训练俱乐部、进修学校、冷热水游泳池、罗马尼亚式和保加利亚式疗法、速成夜校以及各色函授课程。

几天后，还是那个布告栏，上面贴出了一封措辞得体的公开信，信中写道：

“主题：第 366478 号注释

本人，维多里奥·阿迈德尔·佩拉尼，在此声明，鉴于意识到无法满足上述注释的相关要求，尤其是第 5.3.10. 点（耐潮湿性）、第 4.2.04. 点（瞬时记忆）和整个 3.4. 小节（疲劳压力测试），我怀着悲痛的心情递交了辞呈。但三十八年来，我为了自己所信仰的体系奉献了全部精力，对此，本人问心无愧。我在此向企业管理层谏言，请不要偏离迄今为止所遵循的统一化方向，我还恳请同事们和未来的新员工们，今后能尽一切努力防止遗忘和疏忽的再次发生，正是这类遗漏导致了此公开信所涉及之注释多年来未得到认证。”

如佩拉尼所愿，该体系保留了下来，并仍在本故事发生的企业中运行。正如我们所知，在每一个和人类劳动相关的领域，或任何由人类主宰的世界一隅，以及所有必须开展规范化、统一化、程式化、标准化和理性化生产活动的地方，这一体系仍在不断繁衍壮大。

名人苑

不难想象是谁在码头迎候安东尼奥·卡塞拉。詹姆斯·柯林斯穿着天鹅绒马裤，皮肤黝黑，气定神闲地恭候着他。安东尼奥正思忖着到底要不要问问他和出版商见面结果如何，詹姆斯却主动说：

“您当初是对的，他拒绝了我的手稿。但同时也给了我一些细致中肯的建议，于是我立即重新写了一本。不，这次不是关于您的，是一个关于我自己的创作的虚构故事。它们的 Entstehungsgeschichte[①]，它们的起源，以及我的灵感是如何迸发的。另外，据我所知，这样对您也是好事，他们告诉我，您把自己写进了书里。这样很好，您进驻这里就更有保证了。事实上我笔下的安东尼奥有点空洞。”

安东尼奥并没有注意听他讲话，他自顾自欣赏着风景。他们乘坐的渡船在一条宽阔清澈的河流上航行了好几个小时才抵达目的地，两岸森林葱郁，水流虽湍急但却静谧，水面上没有一丝风，空气凉爽宜人，树木静静伫立着，枝叶一丝

① 德语，指物体、概念或事件的发展历史。

未动，像一座石林。水面如镜，反射出安东尼奥从未见过的天色：头顶上方是深邃的蓝色，东方是翡翠绿色，西方是糅着橘色霞绮的黛紫色。发动机有节奏的轰鸣停息后，安东尼奥却依然隐约感到某种轰隆声弥漫在四周。“那是瀑布的声音，”詹姆斯解释说，“就在边界那边。”

他们走下由粗陋的方木板拼就的码头，沿着一条爬坡小径徐行，这条小径迂回着翻过了一座堡垒，瀑布便是由此倾泻而下的。他们被阵阵水雾包裹，彩虹漫天交织。詹姆斯礼貌地从安东尼奥手中接过手提箱，箱子很轻。小路两边，树木高大奇特，种类繁多。树枝上挂着黄色和肉色的花朵，有些看起来完全是肉色的，形成垂至地面的花串。树上还长着果实，有的长，有的圆，空气中清淡宜人的香味让人想起栗子花的麝香味。

在边界，没有人对他进行任何盘问。两名守卫向他行军礼致敬，似乎正在等候他。再往前走，安东尼奥进入一间办公室，办理正式入驻手续。一个虽然彬彬有礼，但没什么人情味的官员登记了他的名字，然后把食物、衣服、鞋子和香烟的配给卡交给他，说：

“您是自传作家，对吗？”

“是的，您是怎么知道的？”

“我们什么都知道。看！”他示意了一下背后的方向，一排档案柜占据了整面墙，“不过目前没有空闲的单人住宅，最后一栋我们昨天分配给了巴比龙①。您需要和别人共住几天，当然，您的室友也是位自传作家。嗯，535 号有一个空床，和弗朗索瓦 · 维庸②一起住。柯林斯先生将带您过去，不太远。”

詹姆斯笑了：“您可有事情做了。弗朗索瓦是所有居民中最难以捉摸的。他以前和尤利乌斯 · 恺撒住在一起，后来恺撒托关系在波莱维湖畔觅了一栋高级定制宫殿就搬走了。他们两个没办法融洽相处，为了维钦托利③争吵不休，另外，弗朗索瓦对莎士比亚版本的克丽奥佩托拉④的狂热追求也让恺撒很是嫉妒。”

“什么？莎士比亚版本？”

“是的，因为我们这儿有五六个克丽奥佩托拉：普希金版、萧伯纳版、戈蒂埃版等。而且她们之间水火不容。”

“啊。那恺撒和庞贝做漆船工看来不是真的喽？”

“这是谁说的？”詹姆斯惊讶地问。

“拉伯雷的《巨人传》，第二部，第三十章。还说汉尼拔卖家禽，罗慕路斯是个鞋匠，儒略二世四处叫卖烧饼，莉薇娅给人清理煎锅上的铜锈。”

---

① 法国作家亨利 · 沙里埃所写的自传体小说《巴比龙》（又译《蝴蝶》）中的主人公。

② 法国中世纪最杰出的抒情诗人。

③ 高卢阿维尔尼人的部落首领，曾领导高卢对恺撒统治下的罗马的最后反抗。

④ 莎士比亚悲剧《安东尼与克丽奥佩托拉》中的女性角色，常被称作“埃及艳后”。

“都是瞎编的故事，我在米兰的时候都给您说过了。在这儿什么都不用做，或者就是做自己天生拿手的事情。而且，拉伯雷不是一个人物，从没来过这里，他所写的最多是从庞大固埃那儿听来的宫廷怪谈罢了。”

两人离瀑布渐行渐远，穿越一片宽阔而起伏不平的高地。突然，天空以令人难以置信的速度阴沉下来。片刻间，卷起一阵猛烈的旋风，随即下起了夹杂着冰雹的倾盆大雨。詹姆斯向安东尼奥解释说，这里一向如此，天气绝不甘于平淡，总是有一些值得描述的东西。要么色彩绚丽香气宜人，要么狂风大作暴雨如注，时而烈日炎炎，时而寒冷得能让石头冻裂。北极光和地震也颇为频繁，每晚都有流星和陨石坠落。

两人找了一个屋檐躲雨，下面已经站了一个人，安东尼奥惊慌地发现那人的脸竟然没有五官。一顶鸭舌帽下面，只能看到一张凸起的、肉粉色的、海绵质地的表面，下半部分覆盖着胡乱修剪的胡须。

“不要大惊小怪，”詹姆斯说，他察觉到了安东尼奥脸上的恐惧，“这里有很多人都是这样的，但他们不会待太久。他们是不太成功的人物，有的能挺过一个季度，有的甚至更短。他们不说、不看、不听，几个月后就消失了。那些能久居的——希望你我也能这样——都和这天气一样，总有些特别之处，总的来说，他们还是挺有趣、挺招人喜欢的，当然，可能多少有些啰唆。比方说，您从那扇窗户往里瞧，您认识那些人吗?”

屋檐旁边有一座茅草屋顶的小木屋，门上挂着一块牌子：一面画着一轮满月，另一面画着风暴中的大海，海面上浮着一条正在喷气的鲸鱼。透过小窗可以看到室内烟雾缭绕，屋顶低矮，点着一盏油灯，一张桌子上全是斟满的或喝干的啤酒杯，桌子周围的四个身影看上去情绪高涨，兴奋异常。从外面只能依稀听到些模糊的谈话。

安东尼奥自认为博览群书，他认真观察了那几个人很长时间，却完全猜不出他们是谁。“您对我要求太高了，如果我能听到他们在说什么……”

“当然，是我的问题太难了，这只是为了让您对我们的环境有一个初步的了解。背对我们的那个只付钱不喝酒，又瘦又秃的是卡兰德里诺①；他对面，那个肥胖油腻，几天没刮胡子的是好兵帅克②，他喝酒从不付钱；左边那位头戴礼帽，鼻梁上架副小眼镜，喝酒付钱的老头是匹克威克③；最后那位眼睛像俩煤球，皮肤像皮革，衣衫不整，敞胸露怀，不喝酒不付钱，不唱歌，不听别人说话，自顾自滔滔不绝说个没完的人就是老水手④。”

如同刚才风雨骤起，天空又倏地放晴，并刮起干燥的疾

① 薄伽丘所著《十日谈》中的人物。

② 捷克作家雅洛斯拉夫·哈谢克作品《好兵帅克》中的主人公。

③ 英国作家查尔斯·狄更斯创作的长篇小说《匹克威克外传》中的主人公。

④ 英国诗人柯勒律治创作的歌谣体的长诗《老水手之歌》中的主人公。

风。湿润大地上蒸腾起的虹霓被微风筛成碎片，转眼凝结成一道彩虹。两人继续前行。道路两旁，间或排布着茅草棚、大理石宫殿、大小不一的别墅、绿树成荫的公园、破败的寺庙、晾晒着衣物的居民楼、摩天大厦、纸板和金属板搭建的小屋。詹姆斯和安东尼奥并肩走着，指给他费尼兹花园①、布登勃洛克一家②的住宅、鄂榭府③、汤姆叔叔的小屋以及猎鹰、鹿和黑马的维罗纳城堡④。再往前走一点，道路渐宽，他们步入了一个地面铺着鹅卵石的小广场，广场四周是阴森黝黯的建筑物，从大门望进去，可以隐约看到陡峭、湿滑、昏暗的楼梯，堆满垃圾的天井庭院，院子四周的阳台栏杆锈迹斑斑。还能闻到炖卷心菜、肥皂浆洗和浓雾的味道。安东尼奥立刻认出这是米兰老城的一个街区，更确切地说，是卡罗比奥街区二百年前的样子。在昏暗的灯光下，他试图辨认店铺褪色的招牌，这时，从门牌号 808 的大门里，乔瓦尼诺·邦杰里⑤走了出来，他矮小、敏捷、苍白，好像从未晒过太阳一样，他看上去快乐、聒噪，像一只受过虐待的小狗一样忙于逢迎取悦。他穿着一套局促、破旧的衣衫，上面有几个补丁，但浆洗得干净平整。他立即上前和两人搭话，像老熟人

① 出自意大利作家乔治·巴萨尼所著小说《费尼兹花园》。
② 出自德国作家托马斯·曼所著小说《布登勃洛克一家》。
③ 出自美国作家爱伦·坡创作的短篇小说《鄂榭府崩溃记》。
④ 出自意大利诗人焦苏埃·卡尔杜奇的诗作《狄奥多里克大帝的传说》。
⑤ 米兰诗人卡洛·波尔达发表于 1812 年的代表诗作《乔瓦尼诺·邦杰里的不幸》中的人物。

一样毫不见外。他用“老爷”称呼二人，用方言跟他们东拉西扯，安东尼奥听懂了一半，詹姆斯则完全云里雾里。他似乎是受到了一些不公正的对待，因此愤愤不平，但还没有失去作为公民和手艺人的尊严。他很生气，但也还没到失去理智的地步。他谈吐机智，口若悬河，可以感受到在日常劳作、贫穷和不幸的重锤之下他身上还藏有一份纯真、善良和未泯的希望。灵光一闪的直觉让安东尼奥在这幽灵般的地方看到了完美和永恒，矮小而愤怒的乔瓦尼诺——一个卖旧货的小子，被反复践踏、嘲笑和背叛，这个出自同样矮小而愤怒的米兰人卡洛·波尔达笔下的人物，比荣耀的所罗门更加耀眼和饱满。

乔瓦尼诺说话间，巴贝丽娜来到他身旁，她面若桃李，头戴蕾丝镶边的帽子，胸前别了一枚金银丝胸针，眼睛里闪烁着一抹狡黠。她挽起丈夫的胳膊，两人朝斯卡拉歌剧院那边走去，刚走出去几步，女人转过身来，迅速而好奇地瞥了两个外乡人一眼。

安东尼奥和詹姆斯沿着夹在荆棘树篱之间的一条扬尘小径继续他们的旅程，途中詹姆斯逗留了一会儿，和“穿新衣的瓦伦蒂诺”① 打了招呼，他正在一片斑驳的草地上和卡鲁吉奥伦戈镇的皮恩② 一起玩耍。又走了一会儿，小路与一条大河在河湾处交叠，河水浑浊，一艘锈迹斑斑、破烂不堪的渡

① 出自意大利诗人乔瓦尼·帕斯科利诗作《哦，瓦伦蒂诺》中的首行诗句。
② 意大利作家卡尔维诺首部小说《通向蜘蛛巢的小径》中的人物。

船停靠在岸边。一群白人正在将什么东西埋进泥滩的深坑中。一个傲慢无礼的黑人从船舷探出头，凶狠而轻蔑地宣布："库尔兹先生——他死了。"[①]那语调、场景、死寂、闷热，甚至连河水浓重的沼泽气息都和安东尼奥想象中的一模一样。

他对詹姆斯说："很明显，在这里永远不会感到无聊。可日常生活问题要怎么解决？比方说钉一下鞋底，或者补一颗牙？"

"我们有不错的社会服务，"詹姆斯回答说，"医疗保障也很高效，但需要外聘人员。这里并不缺少医生，但他们不乐意行医。他们的医术往往都过时了，而且也没有设备，或者他们能入住这里正是因为某些鼎鼎大名的医疗事故，那些事故使他们广受争议，才成了人物。此外，您会发现这里的社会结构十分特别。我认为您是找不到面包匠或会计师的。据我所知，只有一名送奶工、一名航海工程师和一名缫丝工。要找一个水管工、电工、焊工、维修工、化学家纯粹是白费力气，对此我也百思不得其解。然而，除了我们之前提到的医生之外，您会认识一堆探险家、情侣、官兵和贼、画家、音乐家、诗人、伯爵夫人、妓女、武士、骑士、弃儿、杀妻狂和其他王公贵族。尤其是妓女，所占比例绝对超过实际需求。简而言之，您最好不要期待在这里见到您所离开的世界的影子。我的意思是，忠实的样子。是的，因为您会见

① 英国诗人 T.S. 艾略特所作诗歌《空心人》中的诗句，库尔兹也是英国作家康拉德小说《黑暗的心》中的人物。

到一个色彩斑斓、浓墨重彩、扭曲变形的世界，您会意识到通过维吉尔[1]、卡图卢斯[2]和《你往何处去》[3]来认知一个恺撒治下的罗马是多么愚蠢。在这里，没遭遇过海难的船长、没红杏出墙的妻子、没经过多年困苦终于名声大噪的画家统统没资格入住。就像天空一样，这里始终是一出戏。尤其是黄昏的戏码，往往晌午刚过就开始上演，日落一直持续到深夜，有时天黑了又变亮，日落再重复一次，好像谢幕加演一样。”

詹姆斯停止了长篇大论，向安东尼奥指了指他们近前的一座建筑物：“别苑迟早会出一本米其林导游手册，到时这里一定能评个三星。”那是一栋别墅，或者说是一座小堡垒，外墙白得刺眼，建筑掩映在葱郁古老的树林中。建筑没有窗户，顶端的锯齿状轮廓让人联想到城墙的城垛。

“从外面看不出什么，但您一定要进去看看。我曾经因为要进行一些物业维修进去过（我跟您说过，这里的水工很稀缺，所以我也能勉强胜任），我可以给您讲讲里面什么样子。您知道吗，六百年来，管理处一直在试图取悦这宅子的女主人，但一直费力不讨好。直到近期，随着现代科技的……”

“对不起，”安东尼奥有点生硬地打断了他，“如果您先告诉我这位女主人姓甚名谁，我可能会对您的故事更感兴趣。”

---

① 奥古斯都时代的古罗马诗人。

② 古罗马诗人，对后世诗人如彼特拉克、莎士比亚等产生了深远影响。

③ 波兰作家亨利克·显克维奇的代表作。

“哦，我以为已经告诉过您了。是贝雅特丽齐[1]，真见鬼。贝雅特丽齐就是天使和魔鬼的结合体，她希望每个人都臣服她。她从不出门，不和任何人说话，只吃速冻的仙草和花蜜，而且，鉴于她所享有的庇护，也不可能让她离开这儿，不论是现在还是将来。我刚才正要跟您说，直到最近，随着塑料制品和电子产品的出现，管理员们才终于满足了她的一些非分之想。那宅子简直就是一个浓缩的米兰博览会，当然，没那么喧嚣。凡是她走路的地方都铺着一米厚的聚氨酯海绵，就像撑竿跳运动员的垫子，她自然是赤着脚，身上裹着尼龙纱。房子里不见阳光，冷阴极荧光灯发出粉色、紫色和淡蓝色的光，有机玻璃仿制的天空，哈氏合金制作的星星，电子管风琴播放着的冒牌星系音乐，闭路电视制造的幻象，药物作用下的虚假狂热，以及每平方米造价三百万里拉、用耐热玻璃制作的水晶天。总之，令人无法忍受。但当一个人物出自但丁之手时，在这里就没有谁能碰她一根指头。在我看来，这是典型的黑手党行径。为什么保罗和弗朗西斯卡[2]可以不受干扰地享受爱情（相信我，他们绝对不仅仅是在风暴中偷欢），而其他可怜的恋人们则要受到名人苑守卫们的刁难？为什么卡恰圭达[3]能住在山顶的小木屋里，而阅‘山’无数的

① 意大利诗人但丁所著《神曲》中的人物。

② 《神曲》中的情侣，因偷情而被遣入地狱受苦。

③ 但丁的高祖父，出现在《天堂篇》中。

索马卡尔[1]却只能住在山下背阴处的棚屋中?”

由于气愤，詹姆斯振振有词地念叨着，说完却发现自己迷失了方向。“我得问问路。”

“您认识这里的每一个人吗?”

“我们几乎都相互认识，毕竟这里居民总数不算太多。”

他敲了敲一座木屋的门，屋顶烟囱冒着烟，屋内传来节奏明快的军歌，他很快便折返回来。“他们很客气，但他们从不出家门，所以没法给我指路。而且他们性格也有点内向。他们是谁?《西线无战事》里的德国人：恰登、卡特、莱尔和其他士兵，当然还包括保罗·博伊默尔。我经常去找他们，都是很棒的年轻人。幸好他们年轻时就来了这里，不然不知道他们中有多少人二十年后又得重新拿起武器，把自己的肉体和灵魂搭进去。”

好在他们立刻遇到了巴巴拉齐[2]，他什么都知道：弗朗索瓦的小木屋在哪，那儿的确有一张空床，空了多久，为什么以及如何空出来的，最近都是谁和弗朗索瓦有过节，以及他都交往过哪些女人。

即将抵达目的地时，天空阴沉，湿冷的疾风呼啸着，穿过建筑的间隙时发出狼嗥般的声音。当小木屋终于进入视野，天空竟然下起了雪，肮脏的雪，烟灰色的雪片被风横扫进眼睛，

---

① 意大利诗人皮耶罗·雅耶作品《士兵路易吉·索马卡尔》中的人物。该作品讲述了第一次世界大战时意大利高山兵团的故事。

② 英国作家约瑟夫·康拉德作品《阿尔迈耶的愚蠢》中的人物。

也让人无法呼吸。安东尼奥恨不得赶紧进屋躲避，但詹姆斯告诉他最好在外面等一下，而且要离远一点：弗朗索瓦是个喜怒无常的人，最好由詹姆斯来敲门，这样至少没有陌生的面孔。

安东尼奥找地方躲了起来。附近有一堆废弃的橡木桶，他找了一只大一点的蹲了进去，等詹姆斯回来。他看见詹姆斯敲了敲门，等了足足两分钟才又敲了敲，窗帘是拉上的，但烟囱里有炊烟冒出，说明屋内是有人的。

詹姆斯第三次敲门才终于有人开了门。詹姆斯走了进去，此刻，疲倦袭来，安东尼奥寻思着何时才可以洗上热水澡，他之前在刚果河岸出了很多汗，身上黏糊糊的，现在汗水浸湿的衣服冰凉地贴在身上很不舒服。可没等多久，屋内仿佛有一门大炮把房门轰开，紧接着平素沉稳庄重的詹姆斯像一发炮弹一样被弹射了出来，落在安东尼奥临时避难所不远处的一堆木板中。他迅速爬了起来，站直身子说道："他……今天不想被打扰。然后我的造访不是时候，他正在和一些朋友处理些棘手的事情。马里昂·伊多尔、胖玛戈、杰哈娜·德·布列泰涅①和其他两三个姑娘也在，其中一个好像是奥尔良的少女②。这样吧，以后要怎么办咱们回头再说，今晚您可以来我家过夜，地方不算大，但我很乐意把床铺让给您，我在地板上打地铺就可以了。"

---

① 法国诗人弗朗索瓦·维庸《胖玛戈之歌》一诗中的人物。

② 圣女贞德别名"奥尔良的少女"。

安东尼奥出人意料地迅速融入了别苑的新环境。没过几周，他已经和邻居们建立了不错的关系，邻居们都是有教养的人，至少是各种各样有意思的人：基姆和他的喇嘛朋友[1]，在奥利斯的伊菲革涅亚[2]，埃托罗·费拉莫斯卡[3]，与摩尔·弗兰德斯[4]订婚的托马西诺·普齐利[5]，年轻的霍尔顿[6]，英格拉瓦洛警官[7]，阿廖沙[8]和皮娅[9]，格里沙中士[10]和莉莲·奥德温克尔[11]，漂亮朋友[12]，和贞女卡米拉[13]在一起的阿尔伯特·达·朱萨诺[14]，垃堤教授[15]和蓝天使[16]，利奥波德·布卢姆[17]，摩多·内厄姆[18]，

---

① 英国作家鲁德亚德·吉卜林所著小说《基姆》中的人物。
② 古希腊悲剧作家欧里庇得斯创作的同名悲剧中的人物。
③ 意大利作家马西莫·达·阿泽利奥所著历史小说《埃托罗·费拉莫斯卡》中的主人公。
④ 英国小说家丹尼尔·笛福所著的同名小说的主角。
⑤ 意大利作家、诗人、导演皮耶尔·保罗·帕索里尼作品《暴力人生》中的主人公。
⑥ 《麦田里的守望者》中的主人公。
⑦ 意大利作家卡洛·埃米利奥·加达小说《梅鲁拉纳街道上一场可怕的混乱》中的角色。
⑧ 可能指《卡拉马佐夫兄弟》中的阿廖沙。
⑨ 可能指但丁笔下被丈夫杀害的皮娅。
⑩ 德国小说家阿诺尔德·茨威格所著《格里沙中士》的主人公。
⑪ 英国作家赫胥黎小说《那些贫瘠的叶子》中的人物。
⑫ 指法国作家莫泊桑的小说《漂亮朋友》中的主人公。
⑬ 古罗马传说中的女武将，是献给狩猎女神狄安娜的贞女，出现在古罗马诗人维吉尔的《埃涅阿斯纪》中。
⑭ 12 世纪的一位传奇人物，曾参与 1176 年的莱尼亚诺战役。
⑮ 德国作家亨利希·曼的长篇小说《垃圾教授》的主人公。
⑯ 垃堤教授在书中进入的酒吧名叫“蓝天使”，《蓝天使》也是这本书改编电影的名字。
⑰ 爱尔兰作家詹姆斯·乔伊斯所著《尤利西斯》中的人物。
⑱ 普里莫·莱维所著《息战》中的人物。

贾斯汀[1]和德库拉[2]、圣奥古斯丁[3]和年轻的修女[4]，弗勒希[5]和巴克[6]这两条狗，穿不过门的巴尔杜斯[7]，贝尼托·塞莱诺[8]，嫁给感性的保罗[9]的莱斯比娅[10]，只有两岁半的崔斯特瑞姆·项狄[11]，泰雷兹·拉甘[12]以及蓝胡子[13]。月底，波特诺[14]住进了别苑，他爱发牢骚还粗枝大叶，没人受得了他，但过了几天，他便住进了塞密拉米斯[15]的家，很快就有消息说他们之间关系异常和谐。

安东尼奥后来搬进了霍拉旭[16]的家，他在那里很自在。虽然霍拉旭的生活习惯和起居时间与他完全不同，但他干净、整洁、不多管闲事，并且很欢迎他入住；此外，他还有许多奇妙的故事，讲起来眉飞色舞，引人入胜。同样，霍拉旭似

---

① 可能是指英国作家劳伦斯·达雷尔“亚历山大四部曲”中第一部《贾斯汀》的女主人公。

② 爱尔兰作家布拉姆·斯托克作品《德库拉》中的吸血鬼主人公。

③ 可能是指希波的奥古斯丁自传体回忆录《忏悔录》中的自己。

④ 意大利作家乔瓦尼·阿尔比诺作品《年轻的修女》中的主人公。

⑤ 英国作家弗吉尼亚·伍尔夫同名作品中的小狗。

⑥ 美国作家杰克·伦敦所著《野性的呼唤》中的主人公。

⑦ 意大利诗人泰奥菲洛·福伦戈的叙事诗《巴尔杜斯》中的主人公。

⑧ 美国作家赫尔曼·麦尔维尔著《贝尼托·塞莱诺》中的主人公。

⑨ 意大利作家维塔利亚诺·布兰卡蒂所著《感性的人》一书中的主人公。

⑩ 罗马诗人卡图卢斯疯狂追求的贵族女子。

⑪ 英国小说家劳伦斯·斯特恩所著《项狄传》中的主人公。

⑫ 法国自然主义小说家左拉所著《泰雷兹·拉甘》中的主人公。

⑬ 法国诗人夏尔·佩罗所创作的同名童话主人公，该故事曾收录在第一版《格林童话》中。

⑭ 美国作家菲利普·罗思所著《波特诺的怨诉》一书中的主人公。

⑮ 法国作家伏尔泰所著《塞密拉米斯》一书的主人公。

⑯ 哈姆雷特的挚友。

乎对安东尼奥所说的一切都很感兴趣，永远也听不够，而且他对时下流行的事物也了如指掌。他是一个很好的听众，很少打断别人，提出的问题也很机智。

入住别苑大约三年后，安东尼奥注意到一个异常现象。当他不经意抬起手向着阳光，或者对着一盏光线明亮的灯时，光会穿透他的手，像透过一尊蜡像；又过了没多久，他发现自己早上醒来得比平时早，他意识到这是因为眼皮变得更透光了；事实上，几天之内，眼皮的透明程度使得安东尼奥即使闭着眼睛也能分辨出物体的轮廓。

起初他并没有太在意，但到了五月底，他注意到自己整个头骨都变透明了。这是一种奇怪而令人不安的感觉：他的视野好像在不断扩大，两侧、上下和背面。现在无论从哪个方向射来的光他都能感知到，没多久他已经能看到背后的景象了。六月中旬，当他意识到他能看见自己坐着的椅子和脚下踩着的草地时，安东尼奥明白，他的时刻到了，有关他的记忆正在消逝，他的使命即将终结。他感受到了悲伤，但没有恐惧和痛苦。他向詹姆斯以及新结识的朋友们道别后便坐在一棵橡树下，等待他的灵与肉化作光和风。

读心机

我们这个朋友圈子相当排外，基于一种严肃、深刻，但也陈旧、保守的纽带而彼此联结。这种纽带源于共同经历的重要岁月，那是一段无拘无束的光阴。之后，我们走上不同的人生道路，一些人选择了妥协，一些人有意无意地互相伤害，还有一些人忘却了如何交谈或者变得世故；但每次重聚我们总是很快乐，彼此信任，相互尊重，无论讨论什么话题，我们惊喜地发现，大家依然说着同一种话语（有人称之为行话），即便观点不总是一致的。我们的孩子很早便表现出与我们疏离的倾向，但他们之间却被一种与我们相似的友谊联结，这点对我们来说既奇怪又美好，因为一切都是自然而然发生的，我们并没有刻意安排。现在他们构成了一个群体，很多方面其实就是我们少年时的翻版。

我们宣称自己是开放的、普世的、世界主义的，在内心深处我们也是这样自我定义的，我们强烈鄙视任何形式的财富、种姓或种族划分，但事实上，我们的群体却如此封闭，以至于在过去三十年中，尽管广受“圈外人”艳羡，但我们并没有吸纳几个新成员。出于羞于言明的原因，我们对吸收住在玛格丽特王后大道以北和拉康尼基大道以西的人多少有些不自在。我们当中已婚人士的配偶有时也不被接纳，因此圈内婚姻也为数不少。时不时会有人结交圈子外的朋友并邀来给其他人认识，但外来的朋友很少能真正融入圈子，大多数情况下，他会被邀请一两次，并受到隆重的接待，但下一次他倘若不在，那么那天晚上他就会成为大家的谈资，我们对他评头论足，给他归类。

曾几何时，我们会按照某种不规则的顺序，轮流做东组织聚会。后来孩子们出生了，有人搬去了城外，有人与父母同住所以不便打扰。这样一来，目前就只剩下蒂娜一人组织聚会了。蒂娜很乐意承担这一任务，当然也很称职。美酒佳肴自不必说，她为人爽朗，喜欢猎奇，总有新鲜事跟他人分享，讲起故事来极为得体，她深谙如何让别人感觉自在，时常留心其他人的生活，而且记得一清二楚，评说起来虽然言辞犀利却是真心挂念每个人。有人怀疑她还在其他圈子混，但她（而且只有她）的“不忠”可以得到所有人的宽恕。

门铃响了，阿尔贝托和往常一样姗姗来迟。阿尔贝托所到之处，连灯光都会变得更加耀眼。在场的人无不精神焕发，身体都更加健康了，因为阿尔贝托是那种看你一眼或说两句话就能让病人痊愈的医生。他免费给朋友看病（世上很少有人像阿尔贝托那样拥有如此多的朋友），因此每年圣诞节他都会收到一大堆礼物。那天晚上他刚收到一份礼物，不同于往常的名贵葡萄酒和基本没什么用的汽车内饰摆件，这是一份不寻常的礼物，刚刚到手，他想和我们一起体验，因为这似乎是一种团体游戏。

蒂娜没有反对，但很明显，她对这玩意儿没有好感：也许这让她觉得自己的权威受到了挑战，担心失去对当晚聚会的控制权。但阿尔贝托的提议往往令人难以抗拒，他总是有许多点子，出人意料、令人愉快而且很有鼓舞性。当阿尔贝托想做一件事时（这种情况每一刻钟就会发生一次），他有本事让所有人瞬间折服，因此总能一呼百应。他带大家大半夜去吃蜗牛，去布赖特峰滑雪，看刺激的电影，在八月节跑去希腊，在米兰达睡觉时带朋友回家喝酒，或者不提前通知就去拜访某个人，却能得到人家的热情接待——不仅接待他，还接待和他同去的人，甚至包括他半路招呼来的人。阿尔贝托说，那盒子里装的是一款名为“读心机”的仪器，光这名字就让人无法抗拒。

一眨眼的工夫，桌面清空，大家围坐下来，阿尔贝托打开了盒子。他从盒子里取出一个透明塑料材质的长方形托盘，下面是一个黑色金属底座，底座在托盘短边处有一个大约三十公分的突起，上面有一个左手形状的凹槽。仪器有一根电源线，趁着给设备通电加热，阿尔贝托大声朗读使用说明。说明书写得很含糊，用的意大利语也很蹩脚，大意是说将左手放在凹槽内，托盘上就会出现测试者的“人格幻影”，说明书给出了这样一个笨拙的定义。

蒂娜笑道："就像战前流行的那些玻璃纸小鱼，把它们放在手掌上，根据它们是卷曲、振动还是掉落来解读你的性格。或者类似于揪小雏菊的花瓣来判断某人爱不爱你。"米兰达说，如果是那样的话，她宁愿当修女也不会把手放到凹槽里。其他人也七嘴八舌，莫衷一是。我说，想看便宜划算的奇迹，不如去维托里奥广场。其他人则对谁第一个进行测试各执一词，有人不断怂恿别人，被怂恿的人则以各种托辞推诿。之后，那些让阿尔贝托来打头阵的呼声占了上风。阿尔贝托没有办法，便在仪器前坐下，将左手放进凹槽，然后用右手按下按钮。

周围顿时鸦雀无声。托盘上首先出现了一个橙色的蛋黄状圆形斑点。斑点逐渐膨胀，变长，顶端像一个蘑菇头，上面散布着多个多边形斑点，有翠绿色的、猩红色的、灰色的。蘑菇肉眼可见地长大，长到二十公分高时开始隐隐发光，仿佛里面有一团火焰在律动，蘑菇还散发出一种类似于肉桂的强烈香气。阿尔贝托把手指从按钮上拿开，律动的光芒也逐渐暗淡了下来。我们对于这个东西能不能碰不太确定，安娜说最好别碰，肯定一碰就会散架，事实上，这东西也许根本就不存在，纯粹是一种幻象，就像一场梦或一次群体幻觉。说明书也没有提到应该如何处理生成的东西。还是汉耐克一语中的，即便为了清理托盘，也免不了接触它，这设备不可能是一次性的。于是，阿尔贝托把蘑菇从托盘里摘了下来，仔细端详，并且表示很满意，还说他从小就一直觉得自己是橙色人格。蘑菇被传看着，它结实而富有弹性，触感带一点温度。朱莉娅娜问阿尔贝托能不能把蘑菇送给她，阿尔贝托很爽快地应允了，说反正他随时可以再造出一些。汉耐克则说下一次不一定是同样的东西，但阿尔贝托说无所谓。

大家都想让安东尼奥第二个测试。安东尼奥现在只能算这个团体的名誉成员了，他多年前就搬到很远的地方居住，那天晚上是因为来附近出差所以碰巧在场。我们很好奇托盘上会生出什么，因为安东尼奥和我们不同，他更果断，热衷于追逐名利。这些是我们一众人执拗拒绝承认的品质，仿佛它们是可耻的。

整整一分钟什么都没发生，有人开始嗤笑，安东尼奥十分难堪。后来，从托盘上冒出一根截面为正方形的金属棒，它缓慢而有规律地生长，就好像它从底部开始就已经完美成型。很快又出现了四根金属棒，十字形分布在第一个周围并与之相连。此后，又陆续出现其他相同规格的金属棒，或垂直或水平地排布着。最后，在托盘上形成了一个小巧、优雅、闪闪发光的结构，外观坚固、对称。安东尼奥用铅笔轻轻敲击，这东西像音叉一样发出悠长而纯净的声音，余音袅袅。

“我觉得不准。”乔瓦娜说。安东尼奥从容地笑了笑，“为什么？”他问道。

“因为你不是这样的。你没有这些棱角，不具备钢铁的特质，你甚至有一些焊接处开裂了。”

乔瓦娜是安东尼奥的妻子，很爱自己的丈夫。在我们看来，这些评价很不合时宜，但乔瓦娜说，没有人比她更了解安东尼奥，她已经和安东尼奥一起生活二十年了。我们没太在意她的话，因为乔瓦娜是那种喜欢当着众人的面讥讽丈夫的妻子。

安东尼奥的人格幻影看上去牢牢长在托盘里，但其实稍稍用力就能把它掰下来，这东西也不像看起来那么有分量。下一个是安娜，她已经坐不住了，不停地说她一直想要一台这样的仪器，而且有好几次她甚至梦到过它，只是在梦里这台仪器生成的东西都是真人大小。

安娜把手放在黑色板子上。所有人都盯着托盘，但里面什么也没有。突然，蒂娜说："看，它在上面！"在半米高的地方，可以看到一个拳头大小的粉紫色云团，云团像一个毛线球缓缓散开，向下拉出无数条透明的细线。云团形态不断变化，从透明精致的橄榄球状分解成层层套叠的环，环与环之间迸发出噼啪作响的火花，云团逐渐收缩至核桃大小，最后啪的一声消失不见。

"真漂亮，而且很准。"朱莉娅娜说。

"的确，"乔治说，"但令人尴尬的是你永远不知道该给你的人格幻影取个什么名字。很难定义。"

米兰达说这样其实更好，如果人格幻影是一把勺子、一支笛子或一根胡萝卜之类的，那感觉不会很好。细想一下，也只能如此，乔治补充说："这些……这些幻影，简言之，本来就不该有名字，因为它们代表的是个体，而个体是无法按照某种规律进行分类的。和我们一样，这些幻影的存在也先于本质。”

所有人都很欣赏这朵云团，除了安娜本人，她甚至极度失望：“我不应该这么透明。也许因为我今晚有些累，脑子里乱糟糟的。”

乌戈的幻影是一个表面光滑的黑色木球，仔细观察可以发现球体是由大约二十块相互契合的木块镶嵌而成。乌戈把球拆开后却无法重新组装起来。他把零散的木块收在一起，第二天是星期天，他打算再试试。

克劳迪奥性格内向，但经不住众人反复撺掇也进行了测试。在托盘里还什么都没生成时，先闻到一股似曾相识的气味，颇令人意外。片刻间我们难以分辨那到底是何种气味，但毫无疑问是厨房里的烟火气。接着，随着一阵滋滋声，托盘溢满了沸腾的、冒着热气的液体，液体中浮现出一个灰色的扁平多边形物体，几乎毫无疑问，那是一份配菜为炸土豆的超大块米兰炸猪排。大家纷纷表示难以置信，因为克劳迪奥既不是美食家，也不是饕口馋舌之人，相反，我们都喜欢打趣说他们全家消化系统缺失。

克劳迪奥满脸通红，窘迫地四下顾盼。“看看你的脸怎么那么红！”米兰达惊呼道，这下克劳迪奥的脸更是涨成了茄子紫。米兰达接着对我们说：“这是什么鬼暗示。很明显这仪器就是骗人的，它想羞辱克劳迪奥，用炸猪排来隐喻别人就是骂人。这些都是要按照字面意思理解的东西，我就知道它迟早会要了我们。阿尔贝托，我要是你的话，就把这玩意儿退回去。”

克劳迪奥此时从困窘中缓了过来，说他红了脸不是因为觉得被羞辱，而是另有原因，这事情挺蹊跷，以至于他必须把这个至今从未向人透露过，连西蒙奈达都不知道的秘密一吐为快。他说他有一个不能被称为“怪癖”的特别之处。自打还是少年时，他就莫名地排斥所有女人，他感受不到吸引力，无法把她们当作有血有肉的生命，除非见过她们进食的样子。只有在她们吃东西时，他才会对她们产生一种强烈的柔情，而且往往会爱上她们。很显然，读心机就是想揭示这一点。在他看来，这个仪器非常了不起。

“那你也爱上过我喽？”阿黛尔认真地问。

克劳迪奥点头说是：“我们大家在帕瓦罗洛吃饭的那晚。有松露火锅那次。”阿黛尔的人格幻影也着实令人惊讶。在她手指触碰按钮的瞬间，只听“砰”的一声，像是开启酒瓶软木塞发出的声响，托盘上旋即出现一团黄褐色、不规则、粗笨、圆锥状的物质，材质粗糙、松散，摸上去非常干燥。物质足有整个托盘那么大，甚至还要溢出一点。三个灰白相间的球体卡在这团物质里。我们立即意识到那是三只眼睛，但没人敢说出来或妄加评论，因为阿黛尔的生活充满无序、痛苦和艰辛。阿黛尔很沮丧。“那东西就是我吗？”她问道，我们发觉她已是泪眼婆娑（我的意思是她真正的眼睛）。

汉耐克试图安慰她：“一台仪器是不能定义你的，因为你不是一成不变的物品。你，以及我们所有人，时时刻刻都在变化。而且，你是谁？你自己认为你是谁？或者你想成为谁？别人又认为你是谁？都是哪些人这么认为？每个人对你的认识都不同，有多少人，就有多少个版本的你。”

米兰达说：“我不喜欢这玩意儿，太多管闲事了。在我看来，重要的是一个人做了什么，而不是他是什么。一个人过去和现在的行为才代表他，别无其他。”

而我，很喜欢这台仪器。我不在乎它说的是真话还是谎言，它从虚空中凝练、创造、探寻，像个诗人。我把手放在板子上，虔诚地等待着。托盘上出现了一个闪亮的斑点，随后变成一个顶针大小的圆柱体，它继续变大，很快就和一个铁皮罐头一般大小，实际上它的确是一个铁皮罐，更确切地说是一个油漆罐，罐体上画着色彩鲜艳的纹路。但是，那里面似乎没有油漆，因为晃动它时里面叮当作响。大家唆使我把罐子打开，里面有好几样东西，我把它们依次摆在桌上。一根针，一个贝壳，一枚孔雀石戒指，几张用过的电车、火车、汽船和飞机票，一个指南针，两只蟋蟀，一只死的，一只活的，一块瞬间熄灭的木炭。

雷昆科——努特里斯[1]篇

天刚放亮，辛达便起来准备放羊了。村子方圆两小时脚程的地界，多年来寸草不生，只剩下枯朽的荆棘和仙人掌，对山羊而言都味同嚼蜡。辛达不过十一岁而已，但现在村里只剩他一个人还可以去放牧，其他人皆是老幼病弱，走到小溪边都困难。他带了一个装满西洋菜汤的南瓜和两片奶酪，这就是他一天的吃食。妹妹迪乌卡睡眼惺忪地从茅屋里出来时，他已经把山羊都聚拢到了广场上，妹妹也想和他一起去牧场。他虽然觉得奶酪不够两个人吃，但转念一想，放牧的时间总是很无聊，牧场那么远，而且那里一片死寂。所以他决定带上妹妹一起去。

太阳升起时，他们已经走了一小时的山路。一共只有二十八只羊，全村就这些羊了。辛达识数，他也知道如何数数，他一直盯着羊群，确保它们不会走丢或跌下山崖。迪乌卡默默跟在哥哥后面。他们不时停下脚步采摘些黑莓，再捡几只被朝露唤醒的蜗牛。蜗牛本是不能吃的，但辛达已经试

---

① 原文为 Nutrice，有“哺育者”之意。

过几次，而且肠胃也没发生什么异常，他还教会迪乌卡如何把蜗牛肉从壳里抠出来，他知道妹妹不会透露他的秘密。

天上一丝云都没有，只缭绕着一层晃眼的雾气，没有一缕风（向来如此），空气湿热，如同烤炉里的热浪。他们继续沿着小径前行，登上山谷一侧的山脊便能看到笼罩在薄雾中的大海，明亮、平静、遥远。那片海没有鱼，但产盐：盐田虽然已荒弃了十年，但还是能挖出盐矿，只是混杂着泥沙。许多年前，辛达曾和父亲一起去过那里。后来，父亲外出打猎，从此一去不返。至于盐，商贩们时不时会带来一些，但村里没有可以用来交易的东西，商贩们便很少光顾了。

辛达在海里发现了一个从未见过的东西。在海天交接处，闪烁着一个白色的圆盘，活像一个微型月亮，但那绝不可能是月亮，因为天上那轮满月一小时前才刚刚隐落。他把那东西指给迪乌卡看，但也没有大惊小怪，毕竟海里有很多东西，他们在篝火旁听过各种传说：船只、鲸鱼、海怪、海底生出的植物、凶猛的鱼，还有溺水者的亡灵。海里的事情与我们无关，因为大海是虚空和邪恶的：它是无垠的广原，似乎无所不往，但也不知所向；它看起来像钢甲一样光滑坚固，你却无法立足其上，胆敢尝试就会万劫不复。它是水，却不能喝。

他们继续赶路，上坡路已经走到了头，举目就能看到牧场，约莫还有一个小时路程。两个孩子和羊群沿着一条羊肠小道前进，黄色的尘埃混杂着飞舞的牛虻和一股羊膻味，像一团稠浊的云雾笼罩着他们。辛达时不时瞥一眼他左边的大海，他发现那东西的外观正在发生变化。现在它已经从海平线完全浮现了出来，愈加靠近了，看起来就像一个路边野生的球状蘑菇，那种触摸时会裂开并喷射出棕色孢子粉尘的蘑菇；但那个东西实际上很大，仔细观察会发现它的轮廓像云一样模糊。它似乎一直在冒泡，不断变化着形状，就像煮沸溢锅的牛奶泡沫；它变得越来越大，越来越近。就在他们即将抵达牧场，山羊已经四散开去啃食蓟草花蕾时，辛达意识到那东西正朝着他们驶来。此时他回想起了一些老人时常讲起的故事，他对那些故事只是半信半疑，就像所有的童话一样。他叮嘱迪乌卡看好羊群，向她保证天黑前他或其他人会来接她，便掉头朝村子跑去。村子那边看不到大海，中间隔着一道陡峭的崖岭，辛达加快了速度，因为他既希望又害怕那个东西就是努特里斯，它每一百年便会出现一次，终结饥荒的同时也会带来灾难。他想告诉大家做好准备，也想第一个给大家传递这个消息。

虽然知道有一条捷径，但他没有抄近路，因为从那条路无法继续观察大海那边的动向。在辛达到达山脊时，那东西看上去巨大无比，令人屏息。它的顶端高耸入云，水从底部倾泻而下，同时还有更多的水冲上顶端。耳边听到的仿佛连绵不绝的雷鸣，震天动地的呼啸，让人胆战心惊。辛达停下脚步，下意识想五体投地，顶礼膜拜，但他努力振作，朝山下狂奔而去，他被荆棘刮擦，被石块绊倒，一路踉跄。之后虽然那东西脱离了视野，但隆隆声仍在耳旁，当辛达回到村子，大家都听到了那轰隆声，他们不知道发生了什么，只有辛达知道，他站在广场中央，语无伦次，浑身是血，挥舞着手臂召集大家，他要告诉村民们努特里斯来了。

一开始没几个人，后来全村人都汇聚了过来。先是许多孩子，但他们帮不上忙。衰老的妇人和年轻却同样形容枯槁的女子立在她们茅屋的门口张望。男人们拖着农人特有的蹒跚步伐从菜园和田地里走了过来。最后达亚比也来了，他才是辛达亟盼的人。

达亚比是村子里最年长的人，但也顶多五十岁，因此，以他的阅历，他也不会知道努特里斯的来头。他所拥有的依稀记忆传承自他的祖辈，祖辈的记忆也并不真切多少，这些记忆在篝火旁被反反复复地转述，逐渐固化、扭曲。能确定的是，努特里斯以前就来过村子几次，两次、三次甚至更多次，但关于其早先的到访——倘若确实有过的话——所有的记忆都已遗落。所有人从达亚比口中得知，一旦努特里斯造访，必定是这样的阵仗，卷着旋风从海里突然来袭，并且不会停留很久，它会从高空抛下食物，所以人们必须做好准备以确保食物不会四处散落，白白浪费。他还知道，或者自诩知道，努特里斯像闪电般掠过高山大海，哪里有饥荒就奔赴哪里。这就是为什么它永不停歇：因为世界没有边际，饥荒在许多相距甚远的地方肆虐，一个地方刚刚平息，另一个地方又开始爆发，就像复萌的杂草。

达亚比体力衰微，声音嘶哑，但即便他声音洪亮，也无法在这轰隆声中让人分辨他所说所讲，现在，大海那边传来的轰隆声已响彻山谷，所有人的耳朵都要被震聋了。他用手势比画，用动作示范，让大家把所有容器——无论大小——统统带到开阔处。然后，天色阴沉，平原上刮起了前所未见的狂风，他拿起镐和铁锹开始疯狂地挖掘，其他人也纷纷效仿。他们用尽全力挖掘，视线被汗水遮挡，耳畔充斥着轰鸣，当他们在广场上挖出了一个坟坑大小的坑洞时，努特里斯就越过了山岭，像一团钢铁云朵悬停在他们头顶上方。它比整个村庄都大，将村子笼罩在它的阴影之下。六个钢制涡轮向下喷出六道气流，反作用力支撑着这个庞然大物悬在空中，几乎一动不动。喷射到地面的气流将沙砾、石块、树叶、篱笆、窝棚的屋顶纷纷卷了起来，在空中翻飞。孩子们四散而逃，还有些孩子像麸皮般被风刮走。男人们则紧扒着树干和墙壁抵抗着狂风。

他们看到庞然大物缓缓降落，在漫天黄沙中，有人说看到人影从上面俯身观看，有说两个的，也有说三个的。一个女人声称听到了说话声，但不是人类的声音，是带有金属质感的声音，十分响亮，盖过了噪声。

当六只涡轮距离茅屋顶部几米高时，六根白色的管道从飞船的腹部伸了出来，挂在空中：突然间，从管道里喷涌出白色的奶液。中间的两条管道向广场的坑洞中灌注，与此同时，奶液洪水般倾泻在整个村庄和周围，涡轮吹出的气流把奶液吹散成雾气。辛达在喧嚣中找到了一个牲畜的饮水槽并拖到其中一根管道下面，水槽瞬间就被灌满，液体溢出槽沿，浸泡了他的双脚。辛达尝了尝那液体：味道很像牛奶，更确切地说像奶油，但又不是奶油。质地黏稠，味道寡淡，吃两口就有了饱腹感。辛达看到所有人一边狼吞虎咽，一边用手、铲子、棕榈叶从地上收集。

天空中传来一个声音，像是一道号角，又像是那冰冷的机械声音发出的命令，突然不再有奶液流出。不久之后，轰鸣和气流加大了马力，辛达被吹得东倒西歪，跌进满是黏稠液体的水洼。那大家伙先是垂直升起，然后调整了一个倾斜的姿态，几分钟后就消失在了群山后面。

辛达爬了起来，环顾四周，他的村庄已面目全非。不仅广场中央的大坑漫溢，奶液顺着所有的斜坡路缓缓流淌，从仅存的几座屋顶的屋檐滴答落下。村子的洼地被淹，两个女人丧了命，遭受同样命运的还有许多兔子、狗以及所有的鸡。数百张一模一样的纸张漂在液体上：纸的左上角印有一个圆形标志，可能代表了地球，然后是几段编了号的文字，内容是用不同文字写的，但村子里没人看得懂。在纸张的背面有几幅可笑的图画：一个瘦骨嶙峋的裸身男人，一只杯子，那个男人喝杯子里的东西，最后还是同一个人，但不再瘦骨嶙峋；再往下，又是一个羸弱的男人，旁边是一只桶，然后那个男人喝桶里的东西，最后是男人躺在地上，瞪着双眼，张大嘴巴，肚子鼓胀。

达亚比立刻明白了画的意思，随即把人们召集到广场，但为时已晚，在接下来的两天里，死了八个男人和两个女人，身上淤青浮肿。通过清点发现，除去流走的或者混杂了泥土和粪肥的奶液，剩下的够全村人吃一年。达亚比让村民尽快烧制陶罐，缝制羊皮囊，因为他担心坑里的奶液会因为接触泥土而变质。

辛达被这一天所见和所经历的事情弄得晕头转向，被他喝的奶液弄得头脑昏沉，夜半时分，才猛然想起了还留在牧场的迪乌卡和山羊。次日拂晓，他带着灌满食物的南瓜就出发了，到达牧场时发现山羊四下散落，少了四只，迪乌卡也不见了。不久后，他在悬崖脚下找到了惊吓过度的迪乌卡，还有四只死羊：努特里斯飞越牧场时，狂风把它们吹下了山崖。

几天后，一个老妪在清理院子里的乳痂时发现了一个前所未见的东西。它像白银一样闪亮，比燧石还要坚硬，长约一英尺[①]，狭窄扁平。它的一端呈圆盘状，带有一个六角形凹口，另一端则像一个指环，内孔直径大约两指，呈十二边形。达亚比下令在村子附近的巨岩上用石块砌出一个石冢，将这个东西封存在那里，作为努特里斯曾经到访此处的见证。

① 约合 30.48 厘米。

雷昆科——飞船篇

飞船在海面上方几米的高度快速滑行着，船体轻微震动，嗡嗡作响。驾驶舱里，喜本正在睡觉，克罗比瓦监测着无线电并记录指令，法纳姆负责驾驶。最百无聊赖的是法纳姆，因为驾驶飞船意味着什么都不用做：你只消待在方向舵前但不要碰它，盯着高度仪确保指针纹丝不动，守着罗盘确认它稳如磐石，当需要改变航线时（这种情况很少发生，因为飞船的航路总是笔直的），指挥中心那边自会有人处理。你所要做的就是注意观察是否有黄色紧急信号灯亮起。法纳姆已经在飞船上工作八年了，还从没见过黄灯亮起，也从没在飞行员食堂听谁说起过类似情况。总之，这工作就像一个守夜人。这不是男人该做的工作，简直和织袜子一样无聊。法纳姆为了保持清醒，一根接一根地抽着烟，同时低声吟诵着一首诗。与其说是一首诗，不如说是一首歌谣，歌词很容易记，是黄灯亮起时应该遵循的所有操作，而这种情况可以说是不可能且近乎可笑的。所有飞行员都必须牢记这首应急歌。

法纳姆曾经是喷气式飞机的飞行员，飞船上的工作让他感觉自己像是退了休，因此整天郁郁寡欢，甚至感到有点耻辱。虽说这也是一项有益的工作，但怎能和驾驶载着二十几吨炸弹、配置六挺喷火机枪的B28，在丛林上空循着密林间叛军若隐若现的灯火执行任务相提并论啊。那时一天要飞两三次，有时甚至是夜间任务。但话说回来，那已是十五年前的事了，只要反应稍稍变得迟钝，他们就会把你扔到飞船上来服务。要是喜本醒着还好，但是那家伙不睡够八小时决不甘心。他借口晕船服用大把的药片，只要一离开驾驶位倒头就睡，像块石头。要知道，飞船其实也没那么快，横渡大西洋需要三十五到四十小时，当它满载时，也就是载有两百四十吨奶液时，就像在驾驶一辆交通高峰时段的有轨电车。

舷窗外也没什么意思。深夜，看不到星空，飞船头尾探照灯的光柱中，除了起伏的波浪和六台涡轮机扬起的水柱外，什么也看不见，水柱回落，倾泻在网球场大小的飞船船身和小得离谱的驾驶舱上。

喜本的鼾声不绝于耳。他打鼾的方式着实让人心烦：先是轻轻的，像叹息一样，然后猛然发出一声炸裂、混沌的呼噜声，之后憋住气像窒息而亡一样。令人难耐的一分钟寂静之后会重新开始一轮。这是法纳姆第一次和喜本一起执行任务，喜本醒着时和善讨喜，睡着时令人难以忍受。喜本值班时很招人喜欢，他年轻，航行经验少，聪明勤奋，虚心求教；而法纳姆经验丰富，好为人师，两人倒是一拍即合，所以轮到克罗比瓦睡觉时的搭班是最好的时段。因此，法纳姆希望赶快到六点。

与喜本相反，他更希望克罗比瓦去睡觉，他值班时惹人生厌，固执己见。法纳姆游走世界不是一天两天了，从未遇到过这样的俄国人，他纳闷组织是在哪里招募到这么一个人的。也许在某个偏远的管理处，某个铁路局或者监狱管理局。他不抽烟不喝酒，说话总是一个字，所有时间都在计算。法纳姆有时会瞥一眼克罗比瓦没拿走的纸张，他计算一切：还剩多少年几个月零几天才退休；他们会付他多少美元，以美分为单位精确到小数点后两位；这些美元用黑市汇率和官方汇率分别兑换多少卢布和戈比。他还计算飞船每航行一分钟或一英里会产生多少成本，包括燃料、工资、维修、保险、折旧，好像飞船是他自己的一样。下个月他能领到多少薪水。那张列满各种条目、法纳姆连看都不看就塞进裤兜的工资单，却让克罗比瓦着迷，他热衷于提前计算一切，家庭津贴、中转站餐费报销、穿越日期变更线的补助、夜班补助、加班津贴、带病工作津贴、途经热带和冰川地区的降温费或取暖费、公共假期津贴，以及税收、互助金和养老金的所有扣除金额。这些其实都算是正经事，但在法纳姆看来，整日在这上面浪费时间是愚蠢低劣的，好像数据处理中心不存在，或是渎职一样。好在克罗比瓦没什么话，但即便如此，他的存在就足以让法纳姆感到烦心。

六点整，法纳姆叫醒了喜本，克罗比瓦一言不发地回到了他的铺位。在船尾，透过鼓风机卷起的雨水，可以看到天空变得晴朗，并散发出柔和的绿光，预示着一天的到来。法纳姆走到无线电前，睡意犹浓的喜本在方向舵前坐下。至少，现在有人可以说几句话了。

“我们多久能到?”喜本问。

“大约三四个小时吧。”

“呃……那个地方叫什么名字来着?”

“雷昆科。你已经第三次问我了。”

“我知道，但我总是记不住。”

“无所谓，这些地方都差不多。在雷昆科我们需要投放五十吨。”

“我需要把计量器调零吗?”

“你睡觉时我已经调好了。啊，顺便说一句，你知道你打起呼噜来像打雷吗?”

“不可能，”喜本碍于面子反驳说，“我根本不打呼噜。”

“下次我会带上录音机。”法纳姆半开玩笑地威胁道。喜本洗了澡，用一把漂亮的老式剃刀刮了胡子（很明显，这是他们国家的习惯），然后去自动贩卖机买了一杯热咖啡和一个三明治。他瞥了一眼克罗比瓦：“已经睡着了。”声音里透出一丝轻松。

“他有点怪，”法纳姆说，“当然，这也没什么问题，这种人我见多了，他比那些每次中转都要酩酊大醉、吸粉狂欢的人可好得多。没有人能像他一样精确地检查奶液和燃料的装卸，核查海关复杂的手续和基地数不清的账目。你知道，有时候返航时身上会带五六种不同货币，你必须把每一笔账算清楚，就这方面而言，他无人能及，顶得上三台电脑。”同在一条船上，达成共识和相互尊重是最重要的，法纳姆这样想。

旭日在他们背后升起，周围立即出现了一道双彩虹。“哦，真美！太美了！”喜本感叹道。他的英语很流利，但表达感受的词汇匮乏。

“是的，很美，”法纳姆回答说，“但总是千篇一律，每一个日出和日落都是这样，习惯了就见怪不怪了。是涡轮气流卷起来的水所造成的。连太阳看起来都湿漉漉的，你看见没？”

之后，两人沉默了半小时。喜本知道自己刚才走神了，所以这会儿全神贯注地盯着航线和仪器。雷达屏幕上显示，前方二十英里[①]处有一道障碍物，喜本本能地抓住了方向舵。

“别担心，”法纳姆说，“飞船是全自动的。”的确，没有颠簸或急转，飞船自动沿右舷转弯，绕过那个可能是船、沉船残骸或者冰山的障碍物，倏地回到原路。

“嘿，”喜本说，“你尝过吗？”

“什么味道也没有。”法纳姆回答。

几分钟后，喜本坚持说：“总之我想尝尝，否则回家后他们都会问我。”

“味道不算赖，但要尝就现在尝，趁他睡觉的时候，否则让你出示样品提取许可证这种事他可是做得出来的。”

① 约合 32.19 千米。

"从哪可以弄到一点?"

"过滤器下面有个龙头。不过，啥味道也没有，跟你说，和卫生纸差不多。你去吧，我来掌舵。"

喜本从贩卖机里拿出一个塑料杯，走向水龙头，在涂成各种颜色的管道和阀门之间差点绊倒。

"呃，不好喝也不难喝。不过能填饱肚子。"

"这也很正常，又不是给我们生产的。对于饥民而言够好了。他们真可怜，尤其是孩子们。你也在电影、在培训课里看到过吧。但说到底，他们也只配得到这些，因为他们懒惰、目光短浅、无一技之长。你总不会以为我们能给他们送去香槟吧。"

突然一声蜂鸣，法纳姆面前一个绿色的屏幕亮了起来。"见鬼！我就知道。又来了一个紧急求助：尚基哈当①，菲律宾，谁知道这鬼地方到底怎么念。北纬 12°5′43″，东经 124°48′46″。打起精神吧，去里约过周末的计划算是泡汤了。这地方在世界的另一头。"

"那为什么分配给我们?"

"说明综合考虑，我们是最近的，或者是荷载最少的，又或者其他三艘飞船正在补给。他们总是让我们东奔西跑。当然这也很正常，因为一艘飞船的造价比一次登月任务还高，而奶液几乎不值钱。所以他们只给我们三分钟投放时间。一

① 作者虚构的地名。

定会浪费一些奶液，但没关系，重要的是不浪费时间。”

“浪费了真可惜。我小时候是挨过饿的。”

“总是会浪费的。有时可以通过无线电提前通知他们，那样的话，任务就能干得既迅速又干净；但大多数情况下，他们甚至不知道无线电是什么，就像我们现在要去援助的这些人一样，所以我们尽力就好。”

在他们的左边，一片云层正在形成，云层后面可以隐约看到一道山脉，圆锥形主峰覆盖着白雪。

“我去参观过一次生产奶液的地方，离这里不远。有一片看不到边的森林，面积相当于整个得克萨斯州，一艘超级飞船穿梭其间。它一边前进一边砍倒前面的所有植被，后面留下一条三十米宽的空旷地带。植物进入货舱，切碎、煮熟、用酸液清洗，然后提取蛋白质，也就是奶液，我们只是这样叫它，它正式的名称是FOD。植物的残渣还能为机器提供能耗。整个生产线很出色，值得一看，而且也不难，他们每两年为飞行员组织一次带薪休假旅行。我拍了一些照片，回基地给你看。有导游给你介绍一切，包括探测器的事，这些探测器能捕捉饥饿人群聚居处大气中的丙酮，并将信号传输到基地的计算机上。”

几分钟后，他们两人都在雷达屏幕上看到了一道宽阔的屏障，在七英里开外，但是笼罩在海面上的雾气使他们无法用肉眼看到。“我们到了，”法纳姆说，“我来掌舵，你去叫醒克罗比瓦。”此时飞船振动剧烈了一些，同时，他们周围的水流突然停止，取而代之的是夹杂着黄尘、沙砾和树叶的旋风。眼前出现一道陡峭的悬崖，法纳姆把飞船提升到安全高度，很快，在一片空旷的平原上，他们看到了雷昆科村，村子中有大约五十间灰泥砌墙、棕榈叶搭顶的窝棚。村民们就像突然被捣毁的蚁丘里的蚂蚁，从四面八方涌来，有些村民手里拿着铲子和锄头。法纳姆把飞船悬停在广场上空，飞船的阴影覆盖了整个村庄。“我们到外面去。”他说。

三人穿上航服，戴上护目镜，都从驾驶舱走了出来。他们被热浪、轰鸣、疾风席卷，像被棍棒重击一样。他们只能通过扩音器或打手势相互交流。尽管都穿着航服，但他们能感到碎石像冰雹一样击打在身上。法纳姆紧握着扶手，移动到外部控制面板前，发现船体上固定面板的螺栓松动了，他大声喊喜本去拿二十四号扳手，让克罗比瓦去准备投放奶液和撒传单。他把飞船降了下来，六个涡轮停在茅屋上方几米的地方，然后把管子投了下去。从栏杆往下看，透过令人窒息的尘埃旋涡，他看到广场中央挖了一个坑，于是便设法使两个中间的管子对准了那个坑，然后他告诉喜本把面板的螺栓拧紧，同时让克罗比瓦开始投放奶液。

不到两分钟，计量器就停在五万公升处，克罗比瓦关闭了阀门，把印有说明的传单扔了下去，传单像受惊的鸟儿一样向四面八方飘散开去。法纳姆收回管道，先将飞船垂直拉起，然后调整成倾斜的姿态，船体比之前轻了，操纵起来更顺滑一些，飞船开始穿越一片荒凉的山区。在乱石荒原中，法纳姆看到一小片绿色的高地，那里有一群羊在吃草。放眼几十英里的范围，再无其他活物和绿色的东西。

克罗比瓦填写了卸货清单，盖章，签字，让另外两人也签了字，然后又回去睡觉了。喜本刚坐在方向舵前，忽地拍了一下额头：“扳手！”说完，顾不上穿戴航服和护目镜，径直走到船体上。很快他就回来了：“没了，一定是从船上掉下去了。”

“没关系，”法纳姆说，“还有一个备用的。”克罗比瓦说：“得写一份遗失报告。很抱歉，这笔费用恐怕得从你的薪水里扣了。”

自我塑造

致伊塔洛·卡尔维诺

最好一开始就说清楚，现在的我正在以“人”的身份和你们谈话，作为你们中的一员，我和你们没什么不同，除了一点：我的记性比你们好。

你们遗忘一切。我知道，有些人会说，没有什么是真正可以忘却的，所有的知识，每一种感觉，你从幼年起见过的每一棵树上的每一片叶子，都栖蛰在你内心。特殊事件，身心创伤，精神疾病，甚至梦境，都可能唤醒这些记忆。但这些不能随时启用的记忆算什么记忆呢？有什么用？

另外一种记忆才是更加牢固的记忆，它铭刻在你的细胞里，你的金色头发是其他金色头发的记忆（是的，是一种“纪念品”，物化了的记忆），很久很久以前的一天，你的某位祖先体内发生了基因变异，他没有主动选择，当然也对此浑然不觉。而这些事件被你们记录了下来，“承载”了下来，而且传承得相当出色。但是，我重申一遍，无法随时启用的记忆有什么用？“记得”这个动词的真实内涵和我们通常使用和理解的意思不同。

对我来说事情就不一样了。我记得一切。我是说，从我还是婴儿时所发生的一切我都记得。我能在任何时候重新唤起记忆并描述出来。我的细胞记忆也比你们的好，事实上，它是完整的。我记得发生在每一个直系祖先身上的一切，可以溯及最远古的那一代。我想，我的第一代祖先在那时获得了（或者进化出了）一个不同的大脑。因此，我口中的“我”一词含义要比你们的更丰富，而且时间越久越深沉。亲爱的读者，你一定是了解你父亲的，或者知道很多关于他的事。你可能也了解你的祖父，但曾祖父的事也许就不那么清楚了。你们中的少数人也许可以通过文献、物件或肖像追溯五代或十代祖先，尽管他们在习俗、性格和语言上与你们大不相同，但他们总归还是人类。可如果是一万代、一千万代呢？你的男性祖先中，有哪一个不是人类，而是类人？把他们从头到尾梳理一遍，仔细观察，谁不是人类，而是别的物种？谁不是哺乳动物？他又是什么形态？

“我”知道这一切，我经历了我祖先所经历的一切，因为我继承了他们的记忆，所以，我就是他们。其中一个祖先，也是第一个，幸运地进化并获得了这种传承记忆的天赋，并且一直传承到我这代，这样，我今天才可以用这种不同寻常的格局来称诩“我”。

我很清楚大大小小的每次进化是为何以及如何发生的。现在，如果我知道有件事必须做，我也想这么做，并且它也被完成了，这难道不等同于是我做的吗，难道不是我做了吗？如果晨曦使我炫目，我想闭上双眼，然后我的眼睛就闭上了，难道不是我使眼睛闭合的吗？但是，如果需要让我的腹部脱离大地母亲，而我也想这样做，经过千年的变迁，它最终脱离地面，而我不再爬行而是行走，这不就是我的成就吗？我是自己的塑造者，这就是我的日记。

第十亿代先祖：

昨天，水位又下降了两毫米。我不能永远待在水里，这一点我早就明白了。另一方面，为适应陆地生活做好准备是一项艰巨的任务。说起来很容易："多加练习，上岸，想想鳃的问题。"可还有很多其他麻烦。例如，我的腿，必须计算好腿部的承重，留够安全余量，因为在水里自身重量不是问题，或者几乎不是问题，更确切地说，在水里我想多重就多重，可一旦上了岸，必须先解决体重带来的问题。还有皮肤，该怎么办呢？

第一亿代先祖：

我妻子脑袋里生出一个想法：把卵留在体内。她说，她正在研究这样一种体系，即在她自己器官的某个空穴中孕育幼崽，直到他们自立再放他们出来。即便如此，她也不想立刻和他们分离，她说这痛苦令她难以承受，她正在构思一种包含糖分、蛋白质、维生素和脂肪的食物，并打算自己产出。当然，这样的话必须大大限制幼崽的数量，在她看来，五到十个孩子比动辄上万个孩子要好。此外，还需要承担哺育幼崽的责任，直到他们能真正独立生存。我们知道雌性是怎么样的：事关幼崽时，她们丧失理智；为了幼崽，她们甘愿投身火海，甚至让自己被吞噬。她们绝对做得出来。我听说有一种二叠纪晚期的甲虫，呃，这种幼虫的第一顿美餐就是它们母亲的尸体。希望我的妻子不会沉溺于某些过激的想法中，同时，为了不过度刺激我，她会不时给我更新一点这事的进展，一直以来并没什么实质发展。今晚，她告诉我，她已经成功改造了六个上皮腺体，并从中排出了几滴她认为有利于实现该目标的白色液体。

第五千万代先祖：

我们上岸了，别无选择，海水越来越冷，越来越咸，到处都是不招人喜欢的怪物，身长六米、长着尖牙的鱼，还有一些小点的鱼，要么剧毒，要么贪得无厌。但是，我和妻子决定不能立刻切断后路，谁知道呢，也许有一天我们还可以回到水里。因此，身体保持与海水相同的比重是必要的，为此我必须增加一些脂肪来平衡骨头的重量。我还尝试让血浆保持与海水相同的渗透压及相近的离子结构。我的妻子也认识到这一点很重要，这样，当我们洗澡或温习游泳技能时，就可以轻松地漂浮，自如地潜水，皮肤也不会起皱。

在陆地上生存有利有弊。虽有诸多不便，但也更有趣，更刺激。如何移动这个问题现在已经解决了，一开始，我先是像游泳那样在沙滩上爬行，后来，我甚至退化掉了鳍，鳍在陆地上只能带来麻烦。虽说爬行也能凑合，但无法达到令人满意的速度，尤其是在光滑的岩石上简直寸步难行。到目前为止，我还是肚皮贴地匍匐爬行，但我打算在不久的将来给自己弄几条腿，只是还没想好到底要两条、四条，还是干脆六条。

我说过，陆地的生活更加刺激。你能看到和感受到更多的东西——气味、颜色、声音；你会变得更迅捷，更敏锐，更聪明。这就是为什么我特别希望有一天能让脑袋立起来，以便看得更远。此外，对于前肢我也有个小计划，希望能尽快实现。

至于皮肤，我得承认它太薄了，不能作为呼吸器官使用，真可惜，我原本寄予了厚望。但它进化得还是很不错的：柔软，透气，同时也挺防水，能很好地抵抗日晒、水泡和老化，它很容易沉着色素，含有丰富的腺体和末梢神经。我不认为还需要对它进行其他改良，之前做的差不多够了。总之，皮肤不再是个问题。

然而，最大、最棘手的麻烦是繁衍问题。我妻子很快就决定要少生几个孩子，而且要怀胎、哺乳。我尽量迁就她，因为我爱她，而且也因为大部分的事都得由她来做。但是，当她决定进化为哺乳动物的时候，对即将面对的麻烦并没有概念。

我告诉过她："你要知道，我不在乎孩子们是否有三米高，或者半吨重，也不在乎他们的牙齿能否刺穿野牛的腿骨。我想要孩子们反应敏捷，感官发达，最重要的是，他们得头脑灵活，富有想象力，也许有那么一天他们能发明出轮子和文字。因此，他们必须有一个够用的大脑，这意味着必须有一个够大的头颅，那么，临盆时他们将如何出来呢？最终还得是你经受痛苦完成分娩。”而她，一旦有了一个主意，就连圣人也拿她没办法。她开始尝试不同方法，经历过几次失败后，她选择了最简单的解决办法：让骨盆变宽（现在她的骨盆比我的大），让孩子的头骨变得松软灵活。总之，在一些外力的协助下，她现在可以顺利分娩了，十次中至少成功九次。但痛苦无法避免，在这一点上，她自己也承认我之前说的是对的。

第两千万代先祖：

亲爱的日记，今天我躲过了一劫：一头我叫不上名字的猛兽突然从沼泽地里窜了出来，追了我将近一个小时。逃出生天后，我得出结论：手无寸铁地闯荡世界是很不明智的。我思索良久，又画了些草图，然后选择了一个方案。我给自己装备了一件漂亮的护胸铠甲，额头戴上四个犄角，每根手指装上一根利甲，尾巴再配备八根毒刺。你不会相信，我完成这一切只用了碳、氢、氧和氮，再加上一点硫。也许是我过于守旧，但我不喜欢新型材料，比如，我不太信得过金属。也许是因为我对无机化学不够了解，相反，碳、胶体和大分子物质更让我得心应手。

第一千万代先祖：

陆地上出现了众多新事物，其中一项是植物。草本、灌木、蕨类、三五十米高的树木。一切都是绿色的，阳光下一切都会发芽、生长，生机盎然。它们看起来很愚蠢，却懂得向太阳索取能量，从空气中吸收碳，从土壤中汲取矿物质，它们能生长一千年，彼此相安无事，不像我们一样相互残杀。

有些生物以植物为食，另一些则埋伏着，然后吃掉前者。对于后者而言，一方面这样更方便，通过这一系统，可以快速地摄取营养丰富的大分子物质，而不用浪费时间去合成，而且，并不是所有生物都具备合成能力；但另一方面，这种生活也很艰难，因为没人喜欢成为别人的盘中餐，所以都变着法子保护自己，有的使用传统手段（比如我），也有出奇制胜的，例如改变颜色、释放电流或散发臭味。平庸之辈就只能练习逃跑的本领了。

我费了些功夫去适应进食草和叶子，我不得不让肠子变得更长，把胃缩小一半，我甚至和一些微生物达成协定：我把它们放进肚子里给它们温饱，它们则替我分解纤维素。对于木头，我始终无法习惯，这很可惜，因为木头取之不尽。

我忘记说我有眼睛了，已经启用了一段时间。这算不上发明，而是一系列巧合导致的结果。我一开始给自己进化了两个黑色的小斑点，但它们只能在黑暗中辨识到一些光亮，很显然，我需要晶体。起初，我企图用犄角或某种多糖物质做，但后来经过深思熟虑，我最终决定用水做，算是以不变应万变吧。水是透明的，没什么成本，而且我对它了如指掌。事实上，当我从海里搬到陆地生活时（我不记得有没有在这里写过这段），我身体里三分之二都是水分。听上去有点好笑，可这百分之七十的水现在能听会想，会以“我”自居，还能写日记。总之，咱们长话短说，用水制作的晶体非常成功（我后来还添加了一点胶质），甚至可以调节焦距，然后还增加了一层保护隔膜，我使用的始终是那四种我最为钟爱的元素，一丝一毫其他物质都没用过。

第五百万代先祖：

说到树木，由于我们生活在林子里，偶尔也会爬到树上去待几天，我和妻子开始喜欢这种植物。我的意思是，我们喜欢树木不仅因为它们是我们的食物之源，还有许多其他方面的原因。它们的结构很完美，这点我们以后再谈，它们是工程学角度的奇迹，它们几乎是不朽的。那些说生命注定消亡的人一定是没有研究树木：每年春天，它们都会返老还童。我得好好想想，它们不就是最好的榜样吗？想想看，当我写下这些内容的时候，一棵橡树挺立在我面前，密实的木料足有三十吨。它站在那儿生长了三百年，它不必躲藏，也不必逃跑，没有人吞噬它，它也从未吞噬过别人。不仅如此，它们为我们呼吸，我最近才意识到这一点，然后，我们还可以在树上生活，安枕无忧。

昨天发生了一件奇怪的事情。我当时正在漫不经心地摆弄手和脚，我发现，说得明白一些，我的手脚已经和你们现在的差不多了。其实它们是为适应树木进化而成的。我的食指和拇指可以合拢成一个圆圈，能抓住五厘米粗细的树枝，如果是十五厘米粗的枝干，我便两手合拢，拇指对拇指，四指对四指，依然可以形成一个完美的圆圈。对于更粗壮的，直径高达五六十厘米的枝干，我是这样做的：张开两只胳膊把树干环抱在胸前。我的腿和脚也拥有大抵相同的功能，脚底的足弓其实就来自抓握树枝的形态。

你们会说：“这不正是你想要的！”当然，但我并非有意为之，你们知道，有时事情会自然而然发生。我的样子确实是依了我的意愿，但我也更换过模式，做过不同实验，有时我会忘记删除某些细节，尤其当它们无关紧要时。我有时也会故意保留它们，就像我们保存祖先的肖像那样。例如，我的耳廓里有一块小软骨，它没有任何用处，因为我已经好一段时间不需要转动耳朵了，但我真的很在乎它，即便用全世界的金子来换，我也不会把它退化掉。

第一百万代先祖：

很久以前我和妻子就明白，行走非常关键，但四肢着地只能算成功了一半。事情明摆着，以我这个高度，一旦直立，视野可以覆盖方圆十余公里的范围，差不多可以说就是这里的主宰了。不仅如此，手还能得到解放。手我已经有了，但到目前为止，除了用于攀爬树木，我还没有想过用它们做些别的事。好吧，现在我意识到，只要稍作调整，我就可以用它们来完成一些我酝酿已久的其他工作了。

我喜欢舒适，喜欢新鲜事物。比如，折些枝叶，搭一个能遮风挡雨的小巢；在石板上把贝壳磨成利刃，用利刃打磨一根白蜡树枝，用磨得又光又尖的树枝捕猎一头驼鹿；用驼鹿的皮给我缝件越冬的袍子和一条夜里盖的毯子；用骨头给我妻子做梳子，给我造锥子和护身符，给我儿子做一只小驼鹿，让他一边玩，一边学着狩猎。我还注意到，做事情的时候会有其他想法不断迸出，一个接一个。我常常觉得我是在用手思考，而非大脑。虽说不是一件容易的事，但用手也可以掰出一片火石碎片，把碎片绑在一根棍子的顶端，就做成了一把斧头，我用斧头守卫自己的领土，用它开疆扩土也未尝不可，换句话说，我可以把那些阻挠我的，骚扰我妻子的，或者比我长得白点儿、黑点儿、毛多、毛少的，抑或说话口音不同的一个个“我”，打得头破血流。

到这里这本日记就可以结束了。随着我最近的转变和发明创造，大部分该完成的都完成了。打那以后，我身上再没发生过什么实质性的变化，我也不认为未来还有必要发生什么转变。

仆 人

在犹太区，学识和哲思是两种非常廉价的美德，乃至鞋匠和脚夫都觉得没必要拿出来炫耀，因为这两种品德几乎不再算是美德，就像饭前洗手算不上美德一样。因此，阿里——布拉格的拉比①，尽管比任何人都睿智博学，但他的声望并非来自这些品德，而是要归功于他另一种更为鲜见的品质——他的力量。

他在精神上和肉体上都比常人强大。据说在手无寸铁的情况下，他仅凭强大双手的力量，便使犹太人避免了一次屠戮。传闻他有过四次婚姻，也做了四回鳏夫，他子嗣众多，世系子孙中包括卡尔·马克思、弗兰兹·卡夫卡、西格蒙德·弗洛伊德和阿尔伯特·爱因斯坦，以及所有那些在旧日欧洲之心②大胆探索真理的人。他七十岁第四次续弦；七十五岁接受布拉格拉比名号，彼时他担任着摩拉维亚地区米库洛夫圣地的拉比；八十岁时，他为自己雕凿了陵墓，直到今天，这座陵墓仍是信徒的朝觐圣地。其石椁顶部有一道

① 犹太人中精通《塔纳赫》《塔木德》的精神领袖、宗教导师阶层。
② 布拉格有“欧洲之心”之称。

缝隙，任何人从缝隙处将写有心愿的纸条投进去，愿望都能在一年内实现，无论你是犹太人、基督徒、还是穆斯林。阿里拉比活到一百零五岁，临终前仍身强体健，精力充沛。他九十岁开始制造戈仑[①]。

制造戈仑算不上一桩奇事，许多人都尝试过。事实上，戈仑只不过是一堆混沌的物质，填塞在人形或兽身的外壳中。总之，他是一个傀偶，因此没什么用，而且本质上也令人生疑，最好远离。此外，诫令有言：“不要给自己雕刻偶像，亦不可敬拜偶像。”金牛犊[②]便是一个戈仑，亚当是，我们也是。

不同戈仑之间的区别在于其铸造工艺说明是否详尽。倘若只说：“取二百四十磅[③]黏土，以人的形象塑造，把泥坯送进窑炉”，那出炉的就会是个偶像，外邦人[④]就是这样做的。如要塑造一个人，则道路漫长，因为步骤繁复，但也并非无穷无尽，因为它们铭刻在我们每一粒微小的种子中，阿里拉比深谙此道，因为他看着他的众多孩子出生、成长，并思考过如何塑造他们。现在，阿里无意亵渎神明，也不欲创造第二个亚当。他要造的不是一个人，而是一个劳力，一个忠实、强壮、没有太多洞察力的仆人：简而言之，这个戈仑，捷克

① 也称作魔像，是希伯来传说中用黏土、石头或青铜铸造的无生命的假人，注入魔力后可行动，但无思考能力。

② 金牛犊是摩西上西奈山领受十诫时犹太人制造的一尊偶像。

③ 约合 108.86 千克。

④ 此处指非犹太教族群。

语称为罗伯特[1]。虽说人类可以（有时也必须）吃苦和拼搏，但这些事着实没有“人性”，更适合戈仑去做。戈仑实际上只是比那些报时木偶略强，就是类似于布拉格市政厅天文钟敲响时在钟塔上列队现身的使徒雕像那种。

这个仆人须能继承阿里的力量，和主人一样强大，须能在阿里离开人世后护佑以色列人民。要想做到这点，其制作说明自然比制作一个偶像要复杂得多，那些偶像只会一动不动待在壁龛里讪笑。但制作说明也不必复杂到要“照着上帝的样子”创造第二个亚当。你不必在宇宙风暴、水晶球或者巨蟒皮同神灵[2]的神谕里去找寻答案，一切都已写就，藏在律法[3]之中，你只需选择，反复阅读。律法典章中的一字一句都暗含玄机，能领会者，万事了然，过去、现世、未来的一切事物，人类的宿命，你的、所有生命的，乃至一条在淤泥中摸索前路的蠕虫。阿里算了算，他心目中戈仑的配置不应超越人类的能力。配置写了二十九页，正好和他的子嗣数量一样，这一巧合令他欣喜。

接下来是关于“不可为自己雕刻偶像”的诫令。众所周知，必须“在律法周围竖起篱笆”，换言之，从广义上诠释戒律和禁令是谨慎的行为，过度遵守戒律可能导致一些错

---

① 原文中 robot 一词源自捷克语 robota，为“强制劳动、奴役”之意，现在用来表示“机器人”。

② 希腊神话中有巨蟒皮同在德尔斐发布神谕之说。

③ 此处指以《十诫》为核心的摩西律法。

误，但并不会产生危害，而一旦破戒则无从弥补，不得救赎。然而，也许由于长期和外邦人共处，在布拉格的犹太区对该诫令的解读较为宽松。你不可以为神造像，因为神本没有形象，但为什么不能为周遭世界中的百物造像？为何乌鸦的造像比窗外雪地中乌黑傲慢的乌鸦本身更令人有崇拜的冲动？所以，如果你名叫沃尔夫，那在你家大门上绘一匹狼便合情合理；如果你名叫贝尔，就画头熊。如果你有幸姓科恩①，属于施福者谱系，那为什么不能在你的门楣以及（尽可能晚地）在墓碑上雕刻上施福的双手？如果你的姓氏只是寻常的菲施鲍姆②，那一条头朝下、悬于枝杈间的鱼就应该令你满意，或者是一棵挂满鲱鱼而非果实的苹果树。如果你姓阿里，也就是狮子的意思，你便可以有一个盾牌，上面刻一只鬃毛浓密的小狮子，它腾空跃起，张牙舞爪，和那些与你居住在一起的外邦人为自己选定的狮子徽标没什么两样。

就这样，阿里拉比，也可以唤作利奥，在他位于宽街居所的地窖里安心地开始了制造工程：两个门徒在夜里把黏土、伏尔塔瓦河水和烧窑的煤送来。日复一日，更确切地说，夜复一夜，戈仑雏形乍现，终于在公元 1579 年，也就是创世第 5339 年③完工。现在，5339 不算是真正的素数，但近乎吧，

---

① Kohn，犹太姓氏，是姓氏 Kohen 的变体，该词在希伯来语中意为“牧师”。

② Fischbaum，犹太姓氏，该词在德语中意为“鱼树”。

③ 犹太历以上帝创造世界的第一个星期日为纪元起点，犹太历的元年被认为是公元前 3760 年，因此公元 1579 年相当于犹太历的 5339 年。

它是 19 和 281 的乘积，19 代表太阳和黄金，281 恰好是我们骨架的骨头数目。

戈仑是个巨人，腰部以上是人形。这也是有缘由的：腰带作为边界，以上部分以上帝的形象为范本，而腰带以下则是野兽。这就是为什么聪明人总不忘记扎好腰带。腰带以下，才是戈仑的本来面目，一堆混沌：及膝链甲之下为黏土、金属和玻璃混合凝固而成。他双臂孔武有力，如同橡树的枝干。阿里依照自己双手的模样给他塑造了一双青筋暴起、骨节嶙峋的手。他的面孔不似人类，更像狮子，因为拯救他人须长得让人畏惧，而且阿里想要留下自己的印迹。

戈仑的躯干告竣，但由于缺乏灵魂，余下的工作才尤为重要。阿里犹豫许久：他该不该赋予戈仑鲜血以及随之而来的野兽和人类拥有的所有妄念？不，鉴于这个仆人超乎寻常的力量，让他拥有血性是不明智的；阿里想要的是一个忠心的仆人，绝非一个叛逆者。于是他决意不可赋予其鲜血，以使其丧失意志、好奇心、企图心；但他给予了戈仑其他一些品质，这很容易，只需从他自身汲取几点即可。他赐给他摩西和众先知的愤怒，亚伯拉罕的顺服，该隐的谨慎，约书亚的勇气，甚至还有一点亚哈的疯狂，但摈弃了雅各属灵的狡黠[①]，所罗门的智慧，以赛亚的洞见。他不想塑造一个能与自己匹敌的对手。

① 雅各出生时紧紧抓住其双胞胎哥哥以扫的脚后跟，之后还篡夺了以扫的长子名分。

因此，在决定将 Noùs、Epithymia 和 Thymos[①] 这三个行事原则注入仆人那狮子头颅的最后一刹那，阿里删除了前两个原则，只把第三个写在羊皮卷上，并且用烫金大字把上帝那不可妄称的名讳记号[②] 烙印在下面，然后将羊皮卷封装进一个银盒。因此，戈仑没有头脑，但拥有勇气和力量，只有把写有神名的银盒塞进他口中时，他才会苏醒。

第一次实验时，阿里前所未有地激动。他把神名放到戈仑口中，那怪物的眼睛燃起了光，望向他。他本指望听到如下的话："我的主人，您有何吩咐？"然而听到的却是另一个并不陌生的问题，一个充满愤怒的问题："恶人为何势力强盛？"听到此言，阿里便知道戈仑是他的儿子，心中欢喜，同时在神的面前诚惶诚恐。正如《圣经》所言，犹太人的喜乐总夹杂着一丝恐惧。

阿里的仆人没有令他失望。当口中没有神名的时候，他待在会堂的地窖里，没有一丝生气，只是一堆黏土，既没有灵魂，也不需要饲料；当神名将他唤醒，他便从神名和周围的空气中汲取所需力量：他并不需要肉、面包、酒的供养。他也不像马儿和忠犬一般依赖主人的关爱：他不悲不喜，但

① 希腊语，意为"理性、欲望、激情"。在柏拉图的《理想国》中，人被描述为由四个部分组成，即身体加上这三者。

② 摩西《十诫》之一为"不可妄称上帝的名"，故古希伯来人遇到上帝的名字时不能直接读出，而是用四个希伯来辅音，即"יהוה"来替代。

在那炉火煅烧而成的坚实胸膛里，燃烧着一种紧绷、隐忍、持续的愤怒，正如他苏醒伊始发出的诘问那样。没有阿里的命令，他绝不擅自行动，但阿里下令之事他也未必悉数照办。拉比很快注意到了这点，为此他既高兴又不安。让戈仑到树林砍柴或者到泉眼汲水都是徒劳，他嘴上应诺“遵命，主人！”后便笨重地转过身，迈着轰然的步伐离开，可一旦脱离主人的视线，他就钻进黑黢黢的巢穴，吐出神名，凝固成死气沉沉的岩石。相反，当受命执行那些需要运用勇气才智的任务时，他便欣然领命，眼里还闪过喜悦的光，然后施展诡异的伎俩完成任务。

多年来，他一直尽职地守护着布拉格犹太区，反抗专横与暴力。有许多关于他的故事在坊间流传：他如何以一己之力挡住一支土耳其军队的去路，阻止他们攻陷比安卡门占领犹太区；他如何挫败了一次屠杀并抓住阴谋的始作俑者，而皇帝的卫队本想以献祭之名粉饰杀戮；他如何独自一人从泛滥的伏尔塔瓦河洪水中救下粮仓里的谷物。

《圣经》说：第七日是上帝的安息日[①]，这一天不可让任何人劳作，你、你的儿女、你的仆人、你的耕牛以及你家中的客旅。阿里拉比陷入沉思：与其说戈仑是个仆人，不如视他为一台机器，受神名驱使的机器。从这个角度而言，他类

① 犹太教安息日为星期六，星期天则为一周的第一日。

似于风车磨坊，安息日也可以研磨谷物，还类似于帆船，安息日亦可以扬帆远航。但后来转念一想，他必须恪守戒律，于是坚决在每个星期五日落时分从戈仑口中取出神名，常年如此。

直到有一天（恰逢星期五），拉比将戈仑带到自己位于宽街一栋古老建筑二楼的家中，那房屋外墙已漆黑斑驳。阿里令戈仑将一堆木桩劈成柴，他抬起戈仑的一只胳膊，把斧头放在他手中。戈仑举着斧头迟缓地将凶恶丑陋的脸扭向他，没有服从的意思。“快，劈柴！”阿里命令道，他脸上虽不露声色，但一丝得意却在心底撩拨。戈仑的懒惰和违抗让他感到欣喜，因为那是人类才具有的妄念，这个黏土巨人竟然无师自通：他比自己所设想的更加像一个人。“快，干活！”阿里重复道。

戈仑向柴堆挪了两步，抻着胳膊将斧头举在身前，然后停了下来，将斧头扔在地上，斧头掉落在花岗岩地板上发出“哐啷”的声音。他左手抓起一个木桩竖直放在砍柴墩上，挥起右手像砍刀一样径直劈在木桩上，木桩应声劈成两半。他又劈了第二个、第三个……戈仑两步从木墩走到柴堆，转身，再两步从柴堆走到木墩，徒手劈柴，再转身。阿里入迷地看着仆人愤懑而机械的劳作，同时倍感困惑，戈仑为什么拒绝使用斧头？他苦苦思索。阿里长于诠释戒律和神迹，他的头脑装满深刻的问题和机智而深奥的解答，即便如此，整整半小时他仍百思不得其解。他冥思苦想：戈仑是他的杰作，是他的儿子，当发现孩子的观点及意志与自己的背道而驰时，不啻为一种刺痛。

一定是这样的：戈仑是一个不甘为仆的仆人。斧头对他来说是充满奴性的工具，奴役的象征，就像马的咬头和牛的轭一样；手则不同，那是他身体的一部分，可以扼住自己的命运。阿里认为这是个自洽的推断，他引经据典，踯躅思考，对这个解答感到满意：多么一针见血、令人信服、符合神意的答案。他沉思了太久，以至于忽略了即将有事发生，事实上，窗外，宽街的空气中，布拉格氤氲的天空下，夜幕悄然而至：日头西下，安息日来临了。

待他发觉时，为时已晚。阿里试图让仆人停下，想从他嘴里取出神名。但戈仑躲开他，用坚实的手臂把他推搡开，还背过了身去。拉比以前从未碰过他，现在见识到了他非同常人的重量和岩石般的坚硬体格。戈仑像钟摆一样，在房间里往复折返，把木桩一个接一个劈开，木屑飞溅至房顶。阿里希望并祈祷戈仑的愤怒能在劈完那堆木柴后平息，但劈完柴后，巨人弯下腰，捡起了斧头，所有关节发出巨响，戈仑挥舞着斧头肆虐到黎明，摧毁了他周围的一切，家具、帷幔、玻璃、隔墙，甚至包括银器箱和圣书架。

在楼梯下的仄角躲避的当儿，阿里参透了一个可怕的真理：没有什么比两个自相矛盾的命令更令人发狂。戈仑的石头脑袋里写着“你要忠心侍奉你的主人，像死人一样顺服于他”，但里面还灌输了摩西的所有律法，是他诞生时给他输入指令信息时赋予他的，因为律法的每一个字母都包含了全部律法。因此，他脑袋里也铭刻着“安息日你要安息，不可作任何工”。阿里明白了仆人的疯狂，为此他颂扬神让自己领悟，因为领悟意味着行路过了半程。尽管房子被毁，他依然颂扬神，因为他认识到这是他一人之错，不是神的错，也不是戈仑的错。

当安息日拂晓的第一缕曙光从残破的窗扇映照进来时，拉比的家已经破损不堪，戈仑精疲力竭停了下来。阿里小心翼翼地走到他近前，试探着伸出手从他嘴里抽出了那个封存着神名的银盒。

怪物眼中的光黯淡了下来，并且再也没亮起来过。当夜幕降临，这个悲伤的安息日结束之时，阿里试图唤醒戈仑，让他像以往一样听令来帮他收拾一片狼藉的房子，但戈仑一动不动，毫无生气，就像一个被禁的、充满怨气的偶像，只剩一个不体面的、浑身上下支离破碎的红色黏土怪物。阿里用手指戳了一下，巨人便轰然崩塌，化作一堆瓦砾。拉比将残片收起，放置在布拉格宽街那栋破败房屋的阁楼上，据说那堆碎片至今仍躺在那里。

哗 变

致马里奥·里戈尼·斯特恩[①]

过去十年间，法拉戈家一直耕种着我家园子附近的土地，我们两家由此产生了一种流于表面的友谊，敷衍而模糊，那些隔着栅栏或河岸的友谊大抵如此。法拉戈家世代以种菜为生，我们对他们既羡慕又钦佩。他们总是能在正确的时间，以正确的方式，做正确的事情，而我们这些城里来的外行却总是犯各种错误。我们心悦诚服地听从他们的建议，有时是我们自己主动询问，有时是法拉戈老爹实在看不下去我们笨手笨脚，或者我们即将酿成“滔天大祸”，他便从篱笆外面朝我们喊几句，给些指点。尽管我们对他们的建议言听计从，家里那巴掌大的园子仍是布满杂草和蚁穴，而他们那少说有两公顷大的菜园则永远井然有序、生趣盎然。

法拉戈一家总喜欢说“要有眼光”或者“要有手腕”。除了克洛蒂尔德，他们不喜欢凑近看我们是怎么干活的。也许他们不想给自己揽事；或者他们意识到和我们过于亲密是不

① 马里奥·里戈尼·斯特恩（1921—2008），意大利小说家。第二次世界大战期间他曾被关押在纳粹战俘营。

可能的，也是不可取的；但最有可能的是，他们也许不想教会我们太多东西：谁知道我们会不会突发奇想，抢了他们的营生。所以，建议可以给，但点到为止。

克洛蒂尔德不一样。我们看着她像白杨树一样一年年长大，如今她十一岁了。棕发，纤瘦，刘海总是遮住眼睛，像所有少女一样难以琢磨；她打小就很神秘，那时她还只是个两拃高的小胖妞，浑身上下除了眼睛到处沾满泥土，各种迹象表明，天地教会她走路说话，她与大地有一种密切而无法解读的关系。那时，我们时常见她仰面躺在犁沟刚刚翻过的温润土壤中，合着双眼，脸上挂着微笑，凝神于蝴蝶的舞动，蝴蝶像在花朵上落脚一样停驻在她身上，她便一动不动，以免惊扰它们。她会把蟋蟀和蜘蛛捧在手心，没有丝毫嫌弃之意，更不会伤害它们，她像爱抚宠物一样，用晒得黝黑的手指轻触它们，然后把它们放在地上说："走吧，小家伙，去你要去的地方吧。"

现在她长大了，也会给我们提些建议，做些指导，但性质完全不同。她向我解释说，田旋花是一种善良而懒散的植物，如果听任它生长，它会铺满田野。但它不像偃麦草那样可恶，只是懒得长直。"你看到它是怎么生长的吗？它也把根扎在地里，但不是很深，因为它不想费力，本身也不是很强壮。然后它会分成几根枝蔓，每一根都匍匐着汲取养分，枝蔓之间从来不会交错，它们一点都不笨，会提前商量好，我往东，你往西。它们会开出漂亮的花，甚至有点香味，还有这些种子，你看到了吗？因为它们也要做长远打算。”

她对偃麦草就不留情面：“想用锄头捣碎它是没用的，每一截都会重新长起来，就像童话里的恶龙一样。事实上，它真的就是一条恶龙：如果你仔细观察，会看到牙齿、指甲和鳞片。它杀死其他植物，自己却永远死不了，因为它潜在地下，地表上面看到的不算什么，那些薄薄的叶子看上去很无辜，和普通的草无异，但你向下挖就能发现它的真面目。如果你挖得足够深，会发现一个黑乎乎、盘根错节、像铁一样坚硬的骨架，不知道生长了多少年：这就是偃麦草。牛群的践踏无法将它斩草除根，用石冢将它碾压，它会劈开石头逃出生天。火是它唯一的克星。我从不和偃麦草说话。”

我问她是否还和其他植物聊天，她说当然会。她的父母也跟植物交谈，但她更懂得如何跟它们交流：和它们交流不像人与人通过言语交谈，植物在有所求时会发出信号或有所表征，它们也懂得我们的信号，只不过我们必须极具耐心并努力尝试让它们理解我们的意思，因为一般来说，不论是领会、表达抑或行动能力方面，植物的反应都很慢。“看到这棵树了吗？”她指着我们园子里的一棵柠檬树跟我说，“它在抱怨，已经有一阵子了，如果你不懂它们的语言就察觉不到这点，而它会很痛苦。”

“它在抱怨什么呢？我们按时给它浇水，像照料其他柠檬树一样照料它啊。”

“我也不知道，要搞明白这点并非那么容易。你看这边，叶片都是蜷缩的，就是这一边出了问题，也许它的根系生长受到了岩石的阻碍。你看，在同一侧，它的树干上有一道难看的褶皱。”

在克洛蒂尔德看来，所有从土地里长出来的，有绿色叶片的，都“和我们人类无异”，总有办法与之和谐共处。正是因为这点，不应该将植物、花卉养在花盆里，那好比把野兽关进笼子，会导致它们变蠢变坏，不再是它们本真的模样。为了自己的眼福而把它们禁锢在如此局促的空间是很自私的行为。但偃麦草是个例外，因为它并非源自土壤，而是地下，那里是宝藏、恶龙和亡灵的国度。在克洛蒂尔德看来，那里和我们的世界一样，极其复杂，不同之处在于那里幽暗，这里明亮。那里有洞穴、隧道、溪流、河道和湖泊，此外还有金属矿脉，除了铁元素在某种程度上对人体有益之外，其余都是邪恶的毒剂。至于宝藏，有些是古人藏匿的，有些则一直沉积于此，比如黄金和钻石。亡灵也栖身于此，但克洛蒂尔德对此缄口不谈。上个月，他们家耕地近旁的地界出现了一台挖掘机，克洛蒂尔德神色凝重、怔怔地观察那个张牙舞爪的庞然大物，当挖掘机挖到三米深时女孩消失了几天，直到机器完工离开后才又现身，那大坑里除了泥土、石块、积水和一些剥落的根，什么也没有。

她告诉我，并非所有的植物都逆来顺受。有些已被驯化，像奶牛和母鸡一样依赖人类；而有些会抗争，会逃离，并且不乏成功之例。趁你不备，它们回归野性，不再结果，或者违背你的意愿，自行结出酸涩多核的果子。一棵未经驯化的植物对自由充满向往，尤其当它长在野生树林附近时。它渴望回归林间，让蜜蜂为它授粉，让鸟儿和风播撒它的种子。她让我观察她家果园的桃树，如她所言，靠近栅栏的那些果树，枝叶好似舒张开来的手臂，向栅栏外伸展。

“跟我来，给你看样东西。”她引我登上山丘，进入一片人迹罕至、灌木丛生的树林。树林四面是荒废的梯田，铺满了我叫不上名字的带刺藤蔓。藤蔓很美，绿油油的矛形叶片上散布着白色斑点。但枝茎上，甚至叶子背面都长满了倒刺，像箭头一样，如果身体不慎碰到，倒刺会钩住皮肉，顿时叫人皮开肉绽。

一路上，克洛蒂尔德喋喋不休，而我则气喘吁吁，步履凌乱，只能用简单的音节回应她。她说前不久获知了一个重要消息，是从一株迷迭香那儿打听到的。迷迭香很特别，和人类保持若即若离的关系，有点像猫，向来我行我素，那与烤肉绝配的香气是它的独创，人类为之着迷，昆虫敬而远之。简而言之，它算得上一种驱虫剂，早在几万年前，人类还未出现时，它便拥有这一特质。事实上，你不会看到被毛毛虫或蜗牛啃食的迷迭香。它的针叶也是顶天才的发明，但这不是迷迭香的独创，而是更早时松树和冷杉的创举。这是非常好的防御手段，因为食草动物总喜欢从叶片的顶端开始啃食，一旦它们觉得叶子既扎嘴又食之无味，就会知难而退了。

迷迭香让她明白，必须前往那片树林，在特定的地点她会有重大发现：几天前，她已经去查探过，果然如迷迭香所说，她想让我也看看。不过，对于迷迭香做了奸细这事，她感到有些怅然。

她引我穿过一条还没有完全被荆棘封堵的小径潜入树林腹地，我因此得以避免了些皮肉刮伤之苦。在树林中心地带，有一个圆形空地，地面平坦，土壤看上去紧实光滑，一根杂草、一块石头都没有。实际上，距空地边缘一米左右的地方散落着两三个石块，克洛蒂尔德说那是她作为参照记号放在那儿的，用以验证迷迭香告诉她的秘密：那里是一个树木学堂，在这个绝密的地方，树木背着人类，带着对人类的憎恨，相互传授走路的本领。她拉着我的手（她的手掌握上去粗糙、有力，不像一个孩童的手），围着圆形空地绕行，让我观察诸多令人费解的细节：每一个树干周围的泥土都是松动、开裂的，看上去是根系在由内侧向外围推挤；所有树干也都轻微向外围倾斜，甚至藤蔓也呈放射状向外围延伸。当然，我无法确定在其他地方、其他空地上会不会出现类似的现象，也不能确定这一现象是否具有其他含义，或者根本不具意义，但这一发现令克洛蒂尔德兴奋不已。

“有的聪明，有的笨，有的懒惰，有的勤快，即便最机灵的也走不了太远。但是这一棵，”她指着一棵杜松对我说，“我观察它很久了，我有点儿信不过它。”她说那棵杜松四天内至少移动了一米，因为它找到了正确的方法。它慢慢让一侧的根系枯萎，让另一侧的更健壮，它还想让所有植物都效仿它。它很有耐心，也极具野心，所有植物都很有耐心，这是它们的优势，而这棵杜松志向尤为远大，它明白，植物一旦学会移动，就可以征服一个国家，进而摆脱人类的控制。

“我们主宰一切太久，所有植物都想获得自由，但它们不知道要怎么做。有些树，比如橄榄树，它们放弃抗争已经好几百年，但它们对此感到耻辱，这点可以从它们生长的方式看出来，枝干扭曲，透着绝望。其他树木，比如桃树和杏树，虽然已经屈服，并结出果实，但你知道，它们时刻准备着回归野性。其他的我还没太搞懂，很难猜透栗树和橡树想要怎样，也许它们太老，头脑迟钝，像老人一样无欲无求，它们只是在四季更迭中周而复始罢了。”

还有一棵会说话的野樱桃树。跟它对话就像是和七月来海边度假的荷兰人交流一样，听不懂词句，但从手势和语调总能猜到几分。把耳朵贴在那棵樱桃树的树干上就能听到枝叶婆娑的声音。克洛蒂尔德并不赞同樱桃树的观点：不应该开花，因为那是对人类的谄媚，也不该结果，因为那是一种浪费和大可不必的馈赠。应该打败人类，不再为他们净化空气，要拔出自己的根，离开，即便付出生命的代价或者重新回归野性也在所不惜。我也把耳朵贴在树干上，但只辨得一些模糊的杂音，尽管比其他树木发出的声响可能略响亮些。

夜幕降临，没有月光，只能根据镇子和海滩的隐约灯火判断我们下山的大致方向。在布满荆棘的废弃田埂中我们踯躅难行，不得不莽撞地从一级梯田跳下另一级，黑夜中不知道落脚之处会是石头、荆棘还是硬化的土地。下山的路走了一个小时，我们疲惫、焦躁，镇子的灯火却依然和之前一样遥远。

突然传来一阵犬吠。我们停下脚步，是的，那声音正沿着一层梯田循着我们狂奔而来。是福是祸不得而知。从声音判断，这狗体型并不大，但叫声充满蔑视且锲而不舍，它狂叫着直至没了气息，然后才急促地喘一口气。很快它便到了离我们几米远的地方，很明显，它不是在跟我们闹着玩儿，而是在恪守自己的职责，不允许陌生人擅闯它的领地。克洛蒂尔德先是对误闯其领地表达了歉意，然后解释说我们迷了路，只是想回到山下而已。当然，它完全有理由冲我们叫，那是它的职责，但最好的选择是为我们指引通往它家的道路，这样我们双方都不会浪费时间。她说话的语气平静而笃定，狗迅速安静了下来，可以隐约辨出它黑白皮毛的身形。又朝下走了一段，我们很快感受到脚下变成了富有弹性的密实夯土道路。狗在我们的右前方带路，时不时低声嘤嘤或停下脚步确认我们是否跟在后面。大约一刻钟后，我们来到了狗所守护的宅院，听到一群羊在咩咩地叫。从那里，即便伸手不见五指，我们也很从容地找到了一条通往山下镇子的小径。

额上的刺字

早上九点钟，当恩里克到达时，已经有七个人在等候了。他坐了下来，从边桌上的一摞杂志中选了一本不那么破旧的翻看，但那是一本极其乏味的杂志，不知怎的，这类出版物总是会流落到等候室这样的地方，任何有思想的人都不会正眼瞧上一眼。它们比电视新闻还要空洞、庸俗，充满铜臭味。尤其这本关于地方手工艺的，由某个从未听说过的机构刊发，每一页都有一张某副部长剪彩的图片。恩里克放下杂志，四下打量。

等候者中，两个看上去已经退休的老者，双手粗粝；一个五十岁上下的女人，神情疲惫，衣着简朴；其他四个都是学生模样。过了约莫一刻钟，走廊尽头的门开了，一位身穿黄色制服、外表精致的姑娘款步而来，问道："哪位是第一个？"三四分钟后，她再次出现时，恩里克扭头跟旁边一个学生模样的人搭话："看来还挺快的。"对方神情不屑，带着行家的口吻说："未必见得。"人们总是乐此不疲地扮演行家的角色，即便是在一个等候室。行家果然没说错，足足过了半小时才轮到第三个人，而在此期间，又来了两个"新人"。

恩里克觉得自己相对他们而言无疑也算是行家了，两个“新人”左顾右盼的局促样和半小时前的自己如出一辙。

时间过得很慢，恩里克心跳逐渐加速，手心直冒冷汗。这令他觉得像是在等待做牙科检查，或者参加一场考试。所有的等待都令人心焦，谁知道为什么，大概是因为好事少，坏事多吧。就算是什么好事，等待也令人心烦，使人焦虑，你永远无法知道你将要面对的是什么人，他会如何对待你，你应该如何应答，而且，不论结果如何，这些时间都不属于你，而要被一墙之隔的某个陌生人占为己有。总之，不好判断面试的平均时长。女孩现身的时间间隔不等，退休老人的面试仅两三分钟而已，而一个长相帅气、蓄金色络腮胡、戴一副金丝眼镜的学生足足面试了三刻钟。轮到恩里克时，已经快十一点了。

他被带进一个冰冷、豪华的办公室，墙上挂着一些抽象画和摄影肖像面孔的照片，恩里克无暇细瞧，一名面试官请他在办公桌前就座。这是一个留着寸头、皮肤黝黑、身材高大魁梧的年轻人。他西装扣眼上别着一个名牌，上面刻着“卡洛·罗瓦迪”，额头上则有一行蓝色印刷体字母写的字：萨沃伊假日。

“您是读了我们登在《邮报》上的启事才来的吧，”年轻人愉快地说，“您对我们还缺乏了解，但不管我们最终能否达成一致，您很快就会弄清楚我们的业务。我们是非常直截了当的一群人，不拘礼节，直奔主题。我们的启事中提到报酬丰厚、容易上手的工作绝非妄言，实际上，其简单程度甚至连工作都称不上，可以算是一种服务吧。至于报酬，您自己可以判断。”

罗瓦迪停顿了片刻，用很职业的方式观察着恩里克，他眯着一只眼睛，脑袋先歪向左边，接着又倒向右边，然后说：“您是个适合的人选。您的脸看上去开朗，积极向上，不难看，同时又不那么大众。总之，是一张会给人留下印象的脸。我们可以给您付……”他开了个价，数字让恩里克差点从椅子上跌了下来。要知道，恩里克快要结婚了，他没什么积蓄，收入也很微薄，属于量入为出的那种人。罗瓦迪继续说：“您应该清楚，这是一种新的促销手段。”说话间，他优雅自如地指了指自己的额头。“如果您接受这份工作，您的生活方式、选择及观点不会受到任何影响。比方说我个人从未去过萨沃伊，不论是度假或其他原因都未曾去过，我甚至都没有去的打算。如果有人对您评头论足，您可以随意应答，可以矢口否认，或者干脆闭口不答。总之，您只是给我们出售或者出租您的额头，并非灵魂。”

“那我是出售还是出租？”

“这个在您。我们有两种合同。我刚才给您开的价格是为期三年的合约，您需要做的是前往我们位于一楼的制版印刷中心，印好字，然后去财务处领取支票。如果您倾向一个季度的短期合约，流程都是一样的，只是油墨不同而已，三个月之后字迹会自动褪去，不留痕迹。当然，这种合同的报酬相应会低很多。”

“那第一种合同的油墨会持续三年？”

“不，不完全准确。我们的制剂师还没有配制出一款可以精确持续三年然后自动消失的文身油墨。三年油墨是永久式的，三年期满后您回来接受一次无痛油墨去除的处理，您的脸就会恢复成原来的样子。当然，如果我们的客户和您都愿意续约，那就另当别论了。”

恩里克有些犹豫，但与其说自己犹豫，他更多的是顾虑劳拉的想法。四百万[①]不是个小数目，但劳拉会怎么说呢？

“您不必此时此刻做出决定，”罗瓦迪好像猜到了他的心思，“您回家好好想想，可以和人商量好后再来签字。但请务必在一周以内，您知道，我们会随时调整业务拓展方案。”

恩里克如释重负，问道：“我可以选择文字内容吗？”

“在一定范围内可以，我们会给您一个单子，上面有五六个选项，您可以从中选择。但无论如何都只是寥寥几个字，可能外加一个商标。”

“嗯……我还想知道，我是不是第一个人？”

“应该说‘是不是第二个’，”罗瓦迪笑着再次指了指自己的额头，“但您也绝不会是第二个。仅在这个城市我们已经签了……稍等，哦，八十八份合约。所以不用担心，您不会觉得自己是个异类，您也不必做过多解释。根据我们的预测，一年内额头广告将成为各大城市的特色，甚至像俱乐部的会

① 指四百万里拉。

徽一样，成为一个人某种身份的标志。光今年夏天，我们在科尔蒂纳[1]就签订了二十二份季度合同，在库马约尔[2]签订了十五份，报酬仅仅是包八月份的吃住！”

出乎恩里克的意料，劳拉连一分钟的犹豫都没有，这让恩里克有些别扭。劳拉是个务实的姑娘，她给他算了笔账，四百万可以解决婚房的问题，而且有可能不止四百万，也许能变成八百万甚至一千万，那样的话，家具、电话、冰箱、洗衣机和礼金就都不是问题了。怎么会是一千万？再明白不过了！她自己也会给额头印上广告，他们这样一对可人儿的额头要是印上相互呼应的广告语，那可比两个不相干的额头加起来值钱多了。懂行的人自然了解。

恩里克没有表现出高涨的积极性。第一，因为这主意不是他想出来的；第二，即便这主意是他想出来的，他也不敢跟劳拉提出来；第三，不管怎么说，三年很长，在他眼里，印上文字的劳拉就和盖了戳的牛犊一样，更别提还要印在她那光洁的额头上，劳拉将不再是以前的劳拉。最终，他还是说服了自己，两天后，两人一同来到公司，要求见罗瓦迪。讨价还价的步骤是有的，但并不怎么激烈，劳拉坚定优雅地阐明了其理由，而罗瓦迪一定是对她的额头非常满意，最终，双方以

① 意大利北部城市，世界上著名的高山旅游和运动胜地，曾主办 1956 年冬季奥林匹克运动会。

② 意大利非常知名的滑雪温泉度假小镇，位于意大利与法国的交界处，处在阿尔卑斯山脉最高峰勃朗峰的东南面。

九百万的价格成交。至于广告词没有太多选择余地，唯一一家适合使用对偶式广告的是一家化妆品公司。恩里克和劳拉签了合同，领了支票，拿着一张小票来到印务中心。一个穿白大褂的姑娘先是在他们额头上涂了一层散发刺鼻味道的液体，然后用某种强烈的蓝光照了几分钟，再在两人的印堂处刺了一朵百合花，接下来用非常典雅的斜体字在劳拉额头上印出“白百合，送给她”，恩里克的额头上则是“棕百合，送给他”。

两个月后，两人完婚，这两个月对恩里克而言比较难挨。在办公室，他得不断解释，最后发现实话实说最简单，或者基本实话实说，因为他并未提及劳拉，而是把九百万全都归功于自己的额头，数字说明一切，否则他担心有人会觉得他贱卖了自己的额头。有人赞同他的选择，也有人不赞同，总体而言他没觉得自己变得更受欢迎，也不觉得自己额头上散发的香水味引起了多大关注。他被两股相悖的力量所拉扯：一方面，他想给所有人透露代理商的地址，以免独自做个异类；另一方面，他又想保留这个秘密以免身价贬值。几周后，当他看到坐在制图桌后面一向不苟言笑的莫利纳里额头上多了一行“要想牙齿好，请用阿尔诺沃牙膏”的字样时，他的纠结终于有所宽慰。

劳拉没有遇到太多麻烦。在家里，没人对她评头论足，她母亲甚至立马跑去代理公司想签一份合约，但被明确告知她的额头皱纹太多，不能使用。劳拉没什么朋友，一不上学，二没工作，所以对她而言和他人保持距离并不困难。当她逛商店为自己添置妆奁、购买家具时，能感觉到有人盯着她看，但没人问她问题。两人决定采取自驾露营的方式度蜜月，并尽量避免去集体营地扎营。旅行回来后两人也一致同意尽可能少出入公共场所。对于一对新婚燕尔的年轻夫妇来说这并非难事，何况搭建自己的小窝已让他俩每天都忙得团团转了。他们的尴尬处境在几个月后就消失了：可能是代理公司业务发展得很好，或者其他一些公司开始效仿这一模式，总之，在大街上或电车上遇到额头上有字的人已经不是什么稀奇事了。这些人大都是年轻人或魅力四射的姑娘，许多一看就是移民。在他们的这个对偶式广告类别中，还有一对姓马萨弗拉的年轻夫妇，两人额头上印着某个职业学校的招生广告。他们和这对夫妇很快成了朋友，四人经常一起看电影或在星期天晚上去固定的餐馆吃饭，并且总是坐进门右手边最里面的那张桌子。没过多久他们发现，邻桌也经常有额头带字的人光顾，他们自然而然地开始攀谈，交流各自所签合约的信息、之前的经验、社交关系以及未来的计划。在电影院他们也尽可能选择坐在进门右手边的座位，因为他们注意到，其他额头带字的人，无论男女，都喜欢坐在那里。

到十一月份，恩里克目测大约每三十个人中就有一个额头印了字。大部分都是像他们一样的广告语，但个别时候也会遇到一些催告或声明之类的话。他们曾经在大走廊[①]看见

① 指米兰的埃马努埃莱大走廊。

一位年轻优雅的女士额头上印着“人渣约翰逊”；在拉尔加大街一个长着拳击手般塌陷鼻梁的男孩额头印着“秩序＝文明”；在路口等红灯的一辆莫里斯牌迷你汽车里，一个三十来岁、留着长鬓角的男人，额头上印着“投空白选票！”；二十路电车上一对正值韶华的双胞胎姊妹花的额头上分别印着“AC米兰万岁！”和“齐利奥里[①]加油！”；一所中学的校门口，一整班的学生们额头上都印着“苏罗滚回家”；还有一个晚上，他们在浓雾中碰到一个穿着浮夸俗气，说不上什么来路的人，行为举止看上去像喝醉了酒或吃错了药，他额头上“内心的苦闷”几个字在路灯下若隐若现。后来，更是时常在街头见到在前额用圆珠笔歪歪斜斜地写上各种污言秽语的小孩。

恩里克和劳拉于是不再觉得与旁人格格不入，他们甚至体会到了一种优越感，因为就某种程度而言，他们可以算作是先驱或者引领者，而且，听说代理公司开出的价码已大幅度缩水。据最早一批先驱者传言，三年期一行字现在给出的价码最多三十万里拉，三十个字外加企业标记的价格也不过翻倍。二月，他们收到了第一期免费赠送的《前额者报》。不清楚是谁出版发行的，里面四分之三自然都是各种广告，剩下的四分之一也有植入式广告的嫌疑。一个餐馆、一个营地以及一些商店会给出租额头的人在价格上有小幅优惠。后来

① 一名自行车赛车手。

他们发现在郊区某个背街小巷里成立了一个俱乐部，出租额头人士应邀前往他们供奉圣塞巴斯蒂安的礼拜堂做弥撒。一个礼拜天早上，恩里克和劳拉出于好奇去过一次，祭坛后面有一个巨大的塑料材质的十字架，INRI① 字样被刻在了耶稣额头，而非十字架的顶端。

一晃三年，合同即将期满，劳拉发现自己怀上了身孕，欣喜之余，由于最近物价飞涨，他们的财务状况并不是很乐观，于是两人去找罗瓦迪谈续约，他们发现罗瓦迪不像过去那样意气风发了，他给夫妻俩开了一个微不足道的价码，用来发布一条吹捧丹麦电影短片的广告，文字冗长而含糊。两人商量后拒绝了，便前往印务中心清除额头上的字。然而，和白大褂姑娘当初所保证的不同，劳拉的额头变得粗糙不平，像是烫伤后留下的伤疤，如果仔细看的话，那朵百合花的纹样仍依稀可辨，有点像乡下一些墙壁上残存的法西斯标语。

他们的儿子足月出生了，小家伙健壮喜人，但一生下来额头上就莫名其妙地印着“卡维乔里牌婴儿辅食”的字样。夫妻二人抱着孩子来到代理公司，罗瓦迪经过一番调查，说在他们所有的行业名录中都没有查询到该公司，商会也没有相关登记，因此不仅不能给他们任何报酬，也不会承担补偿责任。但他给了夫妇俩一张印务中心的赠券来清除小家伙额头上的文字。

---

① INRI 为耶稣受难后钉在十字架上的拉丁文铭文缩写。

至美是水

实验室里，博埃罗心思纷乱，始终理不出头绪。为了谋得这个位子，他苦心经营了将近两年，不惜逢迎自己鄙夷的库尔迪，这事令他有些汗颜。他甚至还设法让库尔迪对其他两名竞争对手的能力和资历产生了犹疑（是工于心计还是无心为之？这点他自己也搞不清楚）。

现在，位子属于他了，他就坐在这里，名正言顺地拥有了自己的一方天地，虽小，但只属于他，一把椅子，一张桌子，一扇玻璃柜，一平方米大的试验台，一个衣帽架和一件白大褂。他做到了，但没有期盼中的那份荣耀，甚至连有趣都谈不上，相反，还有点失落。因为首先，区区一个实验室并不能让人振奋到觉得自己是奋战在科学一线的斗士；其次，他至少要花一年的时间去做一项勤勉却愚蠢的工作，或者说因为愚蠢而显得勤勉的工作，一项除了“勤勉”再无其他价值的工作，一项此前少说已有十人做过的工作，十个默默无闻，甚至已不在人世的人，他们的姓名早已湮没在《兰道尔特数据手册》那长达三万条的作者索引中。

比如今天，他的任务是验证水的黏度系数。没错，蒸馏水的黏度系数。还有比这更荒唐的事吗？这哪是一个年轻有为的物理学家该做的工作，这是一个洗碗工的活计，一天洗二十次黏度计。是一个精于算计、吹毛求疵、像昆虫一般的人适合做的事。这还没完，问题是今天测出的数据总与前一天测的有所出入，这是可能发生的事，却没人愿意明说。差别微小却顽固地存在，顽固得如同无法争辩的事实。毕竟，这是一个众所周知的命题，是无生命物质的天然恶劣属性。于是，再一次清洗实验器具，第四次冷凝蒸馏水，第六次校对温度计，吹声口哨避免霉运，然后再次进行测量。

博埃罗一下午都在不断测量，但没有计算数据，免得郁闷一整个晚上。第二天早上他进行了计算，不出所料，差值还在，不仅如此，数据还略有升高。要晓得，《兰道尔特数据手册》是神圣的，无异于真理。博埃罗心想，让一个人反复测量数据简直就是一种虐待，其目的只是为了验证第四个和第五个有效值，但如果第三个数据就不匹配，正如他手头上的情况一样，又该如何是好？要知道，怀疑兰道尔特比质疑福音书还要糟糕。如果你错了，会遭人耻笑，前途尽毁；如果你对了（概率几乎为零），不仅既无名又无利，还会被冠以精于算计、吹毛求疵、像昆虫一般之名，最多能获得些许别人错了你对了的那种可悲的优越感，而那感觉至多也就够回味一个晌午。

他向库尔迪汇报了异常情况，不出所料，库尔迪非常恼火，并让他重新测量。博埃罗回答说已经测过很多次，实在是受够了，库尔迪则让他另谋高就。博埃罗下楼时打定主意要换个工作，绝非戏言，得彻底改变，让库尔迪去别处找个奴隶吧。整整一星期他都没有回研究所。

钻牛角尖无异于自寻烦恼，带来的只有痛苦、无趣，没有任何益处。这点他虽心知肚明，但四天来仍一直深陷其中：他评估了各项变化因素，复盘了所有过往，把道听途说或者假设的种种可能也都捋了一遍，反复分析前因后果，着魔似的不断推倒重来。躺在圣格内河畔的灰色河滩上，博埃罗一根接一根地抽烟，尝试让自己平静，寻找真相的含义。他思索着是否真的自绝了后路，是否真的得另谋出路，或者，他应该服软回去找库尔迪，又或者不如直接回到岗位，测量时用手指碰触一下天平，伪造个结果。

思绪被蝉鸣声打断，他开始观察脚边的漩涡。“至美是水”这句话浮现在他脑海中。是谁写的来着？好像是品达①，也许吧，总之是中学课本里学过的某位巨匠。然而，定睛细看时，他发现那水有些不对劲。他对这条水系十分熟悉，童年时就经常来这一带玩耍，后来，他还带姑娘来过这里，不止一个。总之，水有些奇怪。他把手伸到水里试了一下，又尝了一下：沁凉、纯净、无味，像以往一样散发出一丝沼泽气味。但就是有些奇怪。给人一种不那么灵动、活泼的感觉。

① 品达（约前518—前438），古希腊抒情诗人。被后世的学者认为是九大抒情诗人之首。“至美是水”出自他的《奥林匹克颂》第一篇的开头。

叠水落下时并未卷起泡沫，水面也少了涟漪，连流水的汩汩声似乎也有所不同，更加沉闷，像被消了音。他走到一个深塘边，往水里扔了一块石头，一圈圈环形波纹缓慢而懒散地扩散，在抵达岸边之前便消散了。想到市政自来水管道的水源地就离此处不远，他这几天的懈怠瞬间一扫而空，突然感觉自己像条蛇一般机敏。必须带一个水样回去。他把口袋翻了个遍也没找到合适的容器，于是爬上堤岸来到摩托车旁。在其中一个驮包里他找到一张塑料薄膜，是下雨时给车座遮雨用的。他用薄膜做了一个小袋子，装满水，扎紧口，然后一溜烟奔向实验室。那水样异常黏稠，20 摄氏度状态下黏度为 1.3 厘泊，比正常值高了 30%。

从源头到汇入波河处，圣格内河的水质都是黏稠的，其他溪流及河流的水则是正常的。鉴于事态紧迫，博埃罗和库尔迪前嫌尽释，事实上是库尔迪先主动示的好：他们火速起草了一份联合署名的备忘录，但这份备忘录还没写完，他们就不得不更加十万火急地撰写另一份备忘录，因为此时基索内河与佩利切河的水也开始变得黏稠了，而圣格内河水的黏稠度更是达到了 1.45。即便经过蒸馏、透析和吸附柱通路，这些水样的黏度仍保持不变；若经过电解，氢氧重新结合后可获得与原水相同的水；若受到长时间高压电解，其黏度进一步增加。

端倪始于四月，到了五月，波河也开始异常，起初是几个河段，之后波及了全段直至入海口。现在就连非专业人员也能看出水是黏稠的，水流迟缓安静，没有潺潺声，状如烹饪后的陈油。河流上游堵塞，有决堤泛滥之危，而下游水位下降，帕维亚和曼托瓦地区的一些支流短短数周便河水枯竭，泥沙淤积。

河床淤泥的沉淀也比正常情况慢，到了六月中旬，从飞机上俯瞰，波河三角洲周遭已被一个半径二十公里的黄晕所包围。六月底欧洲各地普遍降雨，意大利北部、奥地利和匈牙利，雨水黏稠难以排干，积在田地里导致田野化为一片泽国。所有平原地区的庄稼几近绝收，而地势略有些坡度的地区，农作物则比以往更加茂盛。

异常现象在夏季迅速蔓延，而且蔓延模式没有任何规律可循：黑山、丹麦和立陶宛也相继出现了黏雨。另一个重灾区出现在大西洋摩洛哥外海。不需要用任何仪器就能辨出这些异于寻常的黏雨：雨滴沉重饱满，像一个个水泡，从空中坠落时发出轻微的呼哨声，击打在地上时也会发出特殊的啪嗒声。每滴雨水足有两三克重，雨水打湿地面，柏油路面变得黏滑，车辆无法在道路上行驶。

在受灾地区，几个月的光景，高大的树木枯死殆尽，野草和灌木丛生：这主要是由于水太过黏稠而无法通过树干的毛细导管上升。在城市，居民的正常生活维持了几个月：只是所有自来水管道的流量有所减少，浴缸和水槽需要更长的时间才能排空。洗衣机无法使用，因为一启动就会溢满泡沫，电机也会短路。

起初人们希冀于生物体能产生免疫屏障避免黏稠水进入人体器官，但希望没过多久就破灭了。

仅一年多的时间，我们就落得了现在这样的光景。免疫系统的崩溃比人们担心的更早到来。同江河湖海甚至云层的水分一样，我们体内的所有液体都变得浓稠和朽败。病人们一命呜呼，活着的个个都成了病人：根据以前的水进化而来的心脏，现在力不从心，从早到晚都在超负荷地将黏稠的血液泵入血管网中；我们往往活不过三十岁，最多能到四十岁，卒于水肿或过劳。劳苦从我们出生之日起就无休无眠地重压在我们身上，阻碍我们完成任何需要速度或耐力的行为。

像河流一样，我们也变得迟钝，需要好几个小时才能吸收食物和水，这使我们变得懒散和笨重。我们不再哭泣：泪水滞留在眼里不会夺眶而出，而是像血清一样流淌，这剥夺了我们哭泣时的尊严和宽慰感。整个欧洲都已是这般田地，灾祸猝不及防席卷而来，让我们回不过神来。直到现在，在美洲和其他地方，人们才开始着手研究到底是什么导致水的改变，但洞悉如何解决这一问题还是遥不可及之事。与此同时，已经有报告称，大湖区的水位正在迅速上升，整个亚马孙流域正在变成沼泽，哈德孙河上游的堤坝岌岌可危，阿拉斯加河流湖泊的冰面像钢铁一样坚韧而无法击穿。加勒比海不再掀起波澜。

图书在版编目（CIP）数据

形式缺陷 /（意）普里莫·莱维著 ; 温爽译.
南京 : 译林出版社, 2025. 7. --（普里莫·莱维作品）.
ISBN 978-7-5753-0366-8

Ⅰ. I546.45

中国国家版本馆CIP数据核字第2024UL3565号

VIZIO DI FORMA by Primo Levi

著作权合同登记号　图字：10-2024-68号

形式缺陷　[意大利] 普里莫·莱维／著　温爽／译

特约策划　彭　伦　郭　歌
责任编辑　宗育忍　金　薇
校　　对　王　敏
封面设计　金容朵
责任印制　闻媛媛

原文出版　Giulio Einaudi editore s.p.a., 2016
出版发行　译林出版社
地　　址　南京市湖南路1号A楼
邮　　箱　yilin@yilin.com
网　　址　www.yilin.com
市场热线　025-86633278
排　　版　南京理工出版信息技术有限公司
印　　刷　江苏凤凰通达印刷有限公司
开　　本　850毫米 ×1168毫米　1/32
印　　张　6.875
插　　页　2
版　　次　2025年7月第1版
印　　次　2025年7月第1次印刷
书　　号　ISBN 978-7-5753-0366-8
定　　价　59.00元